푸른 안부

화성 서정문학 제9집

파란하늘

화성 서정문학 제9집을 내며

조 정 신
화성 서정문학회 회장

2007년 첫 발을 내딛으며 시작된 화성 서정문학회가 올해로 창립 18주년을 맞이했습니다. 글을 좋아하는 사람들이 모여 서로의 작품을 읽고 마음을 나누던 자리가 차곡차곡 쌓여 이렇게 서정문학 제9집으로 나오는 결실을 맺게 되었습니다. 시인이 가져야 할 생각이 따로 있는 걸까, 모든 사물을 볼 때마다, 어떤 일들이 일어날 때마다, 의문을 일으키며 마음의 부담처럼 글을 써야 한다는 보이지 않는 압박감을 떨치고 회원님들의 귀한 작품을 모아 동인지를 만들게 되어 대단히 기쁩니다.

이 책속의 글들은 크고 특별한 사건보다는 조용한 일상의 단면들이 담겨 있습니다. 글을 쓰며 흔들리던 날, 감사하던 날, 눈물 나는 날, 웃고 싶은 날, 작은 위로를 얻던 날들, 화려한 수식어보다 진솔한 마음에 가까운 이야기들이 고스란히 숨 쉬고 있습니다. 그것은 누구나의 삶에서 발견할 수 있는 기록이고 잘 살아낸 삶이란 화려한 성취보다는 묵묵히 하루를 채워나가는 과정 속에서 빛난다는 사실을 우리는 이 글들을 통해 다시 확인합니다.

긴 세월 화성 서정문학회를 함께 이끌어 주신 회원들과 이 책을 읽어주시는 모든 분들께 깊은 감사의 마음을 전하며 이 책이 영혼을 찾은 빗방울처럼 작은 쉼표가 되기를 바랍니다. 앞으로도 서정문학회는 초심을 잊지 않고 글로 삶을 기록하며 서로의 길을 비추어 가겠습니다.

끝으로 서정문학회의 발전을 위해 물심양면으로 도와주신 남상헌 고문님과 역대 회장님들을 비롯하여 이 책을 펴내기까지 편집부터 발간까지 함께해 주신 이용환 시인님, 그리고 소중한 글을 보내주신 정진용 시인님, 조향순 시인님, 이도훈 시인님, 윤보영 시인님께 진심으로 감사드립니다.

2025년 10월

격려사

남 상 헌

화성 서정문학회 고문

세상사 고달픔도 한시름 달래주고
인간사에 스친 상처에도 서정이 동행하여
그윽한 붓 향기에 마음껏 취해보리

오래전 창간호에 시 한 수를 던져놓은 것이 새로워
지는 오늘이다. 금년에도 우리 서정 식구들은 어느새 높
아진 옥색 가을하늘 붙잡을 모양이다.

향기 가득 담고 있는 꽃을 그냥 지나칠 수 없는 꿀벌
들같이 만발한 꽃을 보면 조용히 내려앉아 꽃술을 한참
이나 어루만지며 숨죽이고 부지런히 파고드는 모습을
본다. 어쩌면 그들은 삶의 본질을 찾는 모습 같아 풍성
하고 당당해서 참으로 아름다워 보인다.

본질이란 어쩌면 섭리요 진리인지도 모른다. 여기에
도 그에 못지않은 화성 서정문학회가 있다. 이번 가을에
도 화성 서정문학회 동인지를 발간한다는 소식이 왔다.

오늘을 버티어 살아가기는 누구나 종종걸음이지만
그래도 서정의 감정을 놓칠세라 아낌없는 꽃술을 묻혀
우리들의 삶을 더욱 알차게 살찌우는 계절을 만들겠다
고 준비를 한다니 필자도 줄곧 20여년의 성상을 본회

고문으로 몸담아 함께한 인연으로 동인지 출간소식은 감흥스럽게 가슴이 일렁인다.

더욱이 오늘의 삶은 너나할 것 없이 녹록한 발걸음이 아니지만 오늘 여기 함께하는 우리 서정문학인들은 교직생활을 비롯해 모두가 현직을 갖고 분주히 일상을 보내고 있기에 칭송을 하지 않을 수가 없다.

삶이란 어느 한구석인들 헐렁하게 살 수 없는 일이거니와 비좁은 골목길에 종종걸음으로 살아야 하는 현실 앞에 그래도 틈을 비집어 살피고 고뇌하며 어떤 사물을 파고들어 대상물을 전이시켜 본질을 끄집어내기엔 여간 애를 쓰는 일이 아니다. 여유와 귀찮은 것만 생각하면 쉽게 볼 일이 아닌 게 분명하다.

그래서 더욱이 나름 보람을 느끼고 남달리 깊은 삶을 챙겨보는 것이 아닌가 여겨진다.

오곡이 익어가는 구수한 가을향기에 25년 화성 서정문학회 제9집 동인지에 꽃향기 그윽한 글이 실어지기를 간절히 바라며 진심으로 축하드리는 바입니다.

2025년 10월

차례

머리말 _ 조 정 신 (화성 서정문학회 회장)
격려사 _ 남 상 헌 (화성 서정문학회 고문)

김 미 옥 _ 10
    생각 없는 나의 죄 / 조 말론 피오니 / 연꽃 / 반달 /
    지우기 연습 / 고국 바라기 / 하늘의 통곡 / 장마
    소낙비에 실린 마음 / 무임승차

김 영 인 _ 22
    사진을 지우다 / 꽃의 밝기 / 무논 / 오늘 하루쯤 바꾸기로 했다 /
    미래는 과거의 놀이들이었을까 / 앞서거니 뒤서는 일 /
    소금 / 꿩의바람꽃 / 명자나무 요일보고서 / 장맛비

김 인 자 _ 42
    울 엄마는 / 어머니는 / 화양강 / 찔레꽃 사랑 / 그 사람을 기다립니다 /
    가뭄 / 적송 / 무지사랑 / 꽃길만 걸어요 / 세상살이

김 희 순 _ 54
    부모님의 눈부셨던 날들 / 내 삶의 흉터와 소중한 기억들 /
    엄마의 시루 / 신발 / 작지만 소중한 귀 /

남 상 헌 _ 76
    푸른 안부 / 고향집 / 초침의 원동력 / 자목련紫木蓮 /
    여름날의 공연 / 비어있는 개밥그릇 / 밑바닥 / 낙엽

이 광 희 _ 86
    No / 내 마음 / 울 엄마는 거짓말쟁이 / 빈 잔 / 타짜놀이 /
    못다 한 기도 / 비 오는 날 / 빈 의자 / 숙제 / 나에게로 돌아오는 길

임 현 순 _ 100
    아버지의 나무 / 벚꽃이 흐드러질 때면 /
    나이가 들면 병마도 보듬고 가라 / 원초적 죄책감 /
    산에서 얻는 작은 위안 / 아버지로부터 물려받은 유산

조 정 신 _ 120
　　신호등 앞에는 / 안부 / 소풍정원에 눕다 / 엄마, 저 좀 /
　　벚꽃 벤치 / 잠을 설치다 / 거울 앞에서 / 지금은 저항의 시대 /
　　꽁꽁 언 발을 녹이며 / 소양호를 가로질러 청평사에 오르다

홍 기 옥 _ 136
　　중고그릇 매장에서 / 소확행 / 부부 / 그리운 아버지 /
　　오늘 하루도 / 엄마의 시간표 / 힘내요, 기옥 씨! / 충전기 /
　　어느 봄밤 / 애견 카페에서

윤 보 영 _ 150
　　어쩌면 좋지 / 일생에 한 번 피는 꽃 / 들꽃 /
　　참 좋은 아침 / 네 얼굴처럼

이 도 훈 _ 156
　　좌대 / 소는 빨간 신호등을 보지 못한다 / 스크램블

이 용 환 _ 164
　　커피 중독 / 어깨 위에 탄 노인 / 허기 / 초코파이 정情 /
　　겹겹의 고요

정 진 용 _ 172
　　대나무 전기傳記 / 비명碑銘 / 전화 / 극빈極貧 눈물 / 성묘

조 향 순 _ 180
　　김밥, 잘 먹었습니다! / 물에 잠긴 분홍 / 돌더미

화성 서정문학 연혁 _ 186

김 미 옥

아호 설난향(雪蘭香)
2010년 〈아람문학〉에서 시 등단
현) 한국문인협회 회원
전) 아람문인협회 부회장
전) 화성 서정문학회 회장

생각 없는 나의 죄

봄도 다 갔건만
때늦은 아지랑이
날 유혹한다

그래 달리자
저 초록의 천변을
힘껏 달리자

아 숨이 차
아 갈증이야
자판기의 캔 콜라
날 유혹한다

딱
칙
벌커덕벌커덕
카 시원해

휙
떼구루루.

조 말론 피오니

피오니 향을 안고
조 말론 등에 업혀
내게로 온 향수
화사하고 수줍은 미소가 매혹적인
꽃의 귀족 함박꽃의 우아한 향에
파리리 가슴 떨린다
마치
첫사랑의 꽃비를 맞으며
수줍게 떨고 있는 소녀처럼
나
그 향에 갇히리.

*피오니: 함박꽃
*조 말론: 향수 브랜드
*함박꽃 꽃말: 수줍음

연꽃

연록의 잎새 위에 다소곳이 올라앉아
소박한 듯 웅장한 품위를 발산하는
홀리는 매력으로 위엄 있는 연꽃이여

겹겹이 꽃잎마다 너의 품격 맺혔으니
뿜어내는 웅장함에 가슴마저 떨려 와
고개 들어 감히 바라보기 눈부시네

흐린 물 청태 속에 천연히 들어앉아
화려한 듯 고결한 매력을 피워내는
정갈한 자태로 심지 깊은 연꽃이여

뻘 속도 마다 않고 기꺼이 들어앉아
기품 있는 자태로 용솟음한 뚝심에
연약한 꽃이라 어느 누가 말을 할까.

반달

한 그릇 가득이다

한 숟갈만 더 넣으면 넘쳐나
와르르 쏟아질 것 같다

한 숟갈만 퍼내도 기울어
와르르 쏟아질 것 같다.

지우기 연습

남편은 한국으로 딸은 학교로
모두가 떠나고 적막강산이다
돌아보면 미소 띤 얼굴로 웃을 것 같은데
아무도 없다

하지만 그들은 늘 내 곁에 있다
가는 곳마다 보는 곳마다 아니
눈을 감아도 늘 내 속에 있다
그러나 손을 내밀면 닿기는커녕
더 멀리 사라져 버려 목젖이 떨린다
눈시울이 뜨겁다

지우기 연습을 하자
내 눈앞에 아른거리는 허상을
지우기 연습을 하자
몸을 불태울 듯 달리며
땀을 비 오듯 쏟아내며.

고국 바라기

동녘에 뜨는 햇살 따라
고개 들어 미소 짓고
서산마루 넘어가는 해님 따라
고개 돌려 얼굴 가리는
3시에 피었다 9시에 지는 꽃
넌 해바라기

땅거미가 내리고
암흑에 묻혀버린 북미 대륙
소리까지 묻어버려 고요가 스산한데
스멀스멀 스미는 향수가 고개를 든다
눈물이 고인다
고국을 향한 하늘만 바라보는 꽃
난 고국바라기.

하늘의 통곡

갑자기 천둥 번개가 치고
소나기가 쏟아진다
마치 화가 난 것처럼
으르렁 울어 젖힌다

쏟아지는 억수비도
바람에 밀려 휘청이는 나무도
서럽다 서럽다고
크엉크엉 울부짖는다

하늘이 무너질 듯
굉음을 쏟아내는 천둥과
푸르게 번득이는 번개는
무섭기까지 하다

땅을 가르기라도 할 듯
요란히 울부짖는 것이
하늘도
가슴이 찢어져 나갈 듯이
미어지는 아픔이 있나 보다.

장마

북태평양 기단과
오호츠크 해 기단 사잇길로
슬며시 찾아든 장마전선
비구름을 잔뜩 짊어지고
그 무게가 버거운지
낮고 길게 드리운다
장마 띠 강우대 정체전선
이미 내린 비와 앞으로 내릴 비가
거미줄에 걸린 이슬처럼
눅눅한 습기로 전선에 갇혀
습습한 숨결로 고였으니
비가 오지 않아도
빗속에 있는 거나 마찬가지.

소낙비에 실린 마음

세찬 비가
후두득 후두득 막 쏟아붓는다
잠깐 맞았는데
온몸에 스며 한기가 돈다

이럴 땐
창문에 촉촉이 비 적시는 찻집에서
미소가 따뜻한 사람과 함께
잔잔한 음악 들으며
따뜻한 차를 마시고 싶다
가슴속 깊은 곳까지 따뜻이 데워주는
그런 차를

세찬 비가
무시시 무시시 막 쏟아붓는다
잠깐 내렸는데
길가엔 넘쳐나 홍수가 진다

이럴 땐
산속에 앉은 별장 벽난로 앞에서

눈빛이 뜨거운 사람과 함께
피할 수 없는 눈길을 마주하며
뜨거운 차를 마시고 싶다
끓어오르는 심장을 식지 않게 하는
그런 차를.

무임승차

나는 대중교통을 무임승차한다
새벽부터 탑승하여
일출을 보러 간다
세탁소 갈 때도
사과 사러 갈 때도 이용한다
커피가 갈증 나면
5km 달려가서 마시고
5km 달려서 온다
설악산도 가고 지리산도 간다
내일은 또 어디를 갈까?
나에게만 허락된 무임승차
나의 대중교통
나의 다리.

김 영 인

서울 출생
〈문예사조〉시 부문 등단
한국문인협회 회원
화성 서정문학회 회원
편지마을 회원
시집『구름카페』『늦가을 고구마처럼 웅크리고 있다』
공저『저 강물에 이는 바람소리』외 다수
한국민족문학상 수상(2010)

사진을 지우다

스마트폰 속
사진을 지우다
비슷한 것들 중에서
가장 비슷하지 않은 것은 남겨 두고
꼭 닮은 순간을 가려 지운다
이럴 줄 알았으면 싫든 좋든
한 장만 찍을 걸 왜 같은 장면에
욕심을 두었던 것일까

흔들린 순간도 흐릿한 순간도
지우고 나면 그 중 명징한 한때가
또 남겠지만 명확한 것일수록
회한이 되는 것을 잊고 만다

스마트폰 속 지나간 순간들은
쌓이고 또 쌓이지만
아무런 무게가 없다
천지간에 피고 또 피는 꽃무리들이
좋은 날도 슬픈 날도
지우는 일은 그만큼 쉽다

그러나 지지난해 오월의 어느 날
엄마의 애잔하고 왜소한 모습을
담은 스마트폰 속 사진을 인화하여
걸어 놓은 엄마의 사진은 측량할 수 없는
체온의 흔적으로 남아 이따금 회한의
시간이 되고 있다

꽃의 밝기

꽃들이 없는 겨울철엔
해가 빨리 진다
온 세상의 빛을 태양 혼자 비추려니
힘에 부친 것일까
그러고 보니 꽃들이 만발한 여름철엔
초저녁까지도 환하게 밝다

이른 아침부터 저녁까지
꽃에 기대어 있던 어스름과
푸르스름한 여명
꽃의 밝기가 책임지던 빛의 시간들
나는 한낮의 태양빛보다
나무들이 내려놓던 어슴푸레한,
밝지도, 그렇다고 어둡지도 않던
그 시간이 좋다

마당에 멍석을 깔고
땀을 뻘뻘 흘리며 칼국수를 먹던 시간
올려다 본 하늘엔
부지런한 초저녁 별들이 떠 있었지

또 아침에 일어나면
바짓단을 걷어 올린 아버지의 종아리엔
논의 물꼬 터진 소리가
졸졸졸 났었지

무논

모내기 전
물 받아 놓은 논을 무논이라 한다지
곧 들이닥칠 초록을 두고
잠시 딴생각하듯 비어 있는 무논

탁하던 흙탕물이 가라앉고
맑은 물 고여 있지만
어린모를 받아들이고 고정시키는 것은
다름 아닌 그 가라앉은 흙탕물이라는 것

그러나 지금은 잠시 맑디맑은
딴생각을 가두어 놓고 있다

잔잔한 수면 위로 물푸레나무 비스듬히 누워
그림자놀이 하며 오수를 즐기고
불현듯 못자리 준비하시던 아버지 환영이 맴도는 무논

쓰일 곳 더 많은 월급을 받아 들고
잠시 탕진과 낭비를 상상하듯
파르르 떠는 전깃줄과

물결을 벗겨 먹는 늦봄의 바람이 한가로운 무논

세상의 모든 작전과 준비들이
저렇게 경건하다면
끝이라는 곳들 결실이라는 것들 창대하겠지

오늘 하루쯤 바꾸기로 했다

두 마리 개들의 이름을 서로 바꾸어 불러보고
꽃을 너라고 부르고
내일은 어제라고 부르기로 했다

이 세상의 이런 일 저런 일
또는 이모저모든
모두 내가 있어 결정된 일들이고 관계들이니
나를 바꾸지 않는 한
절대 바뀌지 않는 것들이다

나라는 존재는
세상 모든 일들의 중심
그것들이 주인이다

언덕 위 자그마한 내 일터
엄동설한에 수도꼭지에서 졸졸 나오는 물줄기
너희들은 뭐라고 불러 줄까

그런 것들의 주인으로 바쁘고

내가 없으면 아무것도 아닌 것들
그런 것들을 위해서라도
하루쯤 바꾸는 것도 괜찮을 것 같다

미래는 과거의 놀이들이었을까

어려서 했던 소꿉동무
빨리 어른이 되고 싶었을까
어쩌면 겪지도 않은 먼 미래를
흉내 내는 일이었을 것이다

앞치마를 두르고
미래의 착한 아낙을 흉내 냈던 놀이
사금파리 위에 고봉으로
아카시아 꽃을 차려 냈었던가
꽃만 먹고도 살 수 있는 미래가
있을 거라고 믿고 있었던가

흉내 내지 않았던 것들이
너무 많이 따라와 있는 미래
그때의 그릇들은 다 깨어지고 없지만
아직도 눈가엔 깨진 사금파리들이
찡긋거리는 햇살처럼 남아 있다

흉내 내 보지 않은 일들을
척척 해내는 사람들이 너무 많을 때

과거를 다시 놀아 줄
소꿉동무가 그리운 날이 있다

앞서거니 뒤서는 일

모란이 지자
작약이 핀다

모란을 수습하는 방식은
작약의 호들갑에 또 취하는 것이다
이렇듯 연이어 혹은 앞과 뒤를
청해오는 꽃들이 있다
영영 만나지 못할 것들이
한 화단에서 핀다

앞선 일을 두고 매년 모란을 끊으려는 사람이 있다
너무 짧아서 얼굴대신 본 역모엔
어떤 나비도 앉지 않는다고
매정하다고 뚝뚝 모란을 떨구는 사람이 있다

공평하게 계절을 나누어 쓰는
오월과 유월의 화단
순서가 이러하니
어느 꽃에 마음 두어야 할지
어느 이파리에 마음 접어야 할지

앞서거니 뒤서는 고민을 앓는 것이다

세상의 순서를 모르는 사람이 있다면
모란 앞에서 사월하순을 배우고
작약 앞에서 오월중순을 배워야 한다

꽃송아리가 유독 큰
사월과 오월
그 꽃들 진 자리도 그만큼 크다

소금

엄마는 소금을 더 넣으려 하고
나는 덜 넣으려고 한다

이른 봄 보리고추장을 담을 때면
삶은 보리쌀을 볏짚에 깔아 발효를 시켜
맵고 짠 재료들을 보리밥 반찬인 양 잘 섞은 다음
우묵한 항아리에 넣고
웃소금을 수북하게 얹고
얇은 광목천으로 꽁꽁 싸매 놓는 엄마

그런 엄마는 짜고 옹골찬 맛을
오래 아껴먹으려 하고 오이, 참외로
쉽게 상하는 것들을 염장하고 발효하는 사람
그에 비해 나는 여전히
싱거운 부피에 애착을 두고 있는 사람

엄마는 꽃밭에서 데치고 절여 먹을 수 있는 시금치,
오이를
찾고 나는 그 귀한 나물들 속에서도
노란 쑥갓 꽃, 가지 꽃만 예쁘다고 찾는 사람

엄마는 좋고 예쁜 것들
자꾸 뒤로 미루고 아껴두는 사람
나는 훗날 따위는 생각도 않고
아끼지 못하는 사람이었지만
어쩌나, 내가 엄마 나이가 되고 보니
나는 없고 엄마를 따라하는 사람만 있다

엄마는 돌아가셔서도 소금같이 짠 울음을
지금도 찔끔 내게 보내주는 사람.

꿩의바람꽃

나무들 사이에 숲이 있고
숲 사이 오솔길 있듯
이 땅에는
이 나라 숲에는
짐승을 어여삐 보아
짐승을 닮은 식물이름들이 많다

꿩의바람꽃도 그 중 하나여서
꿩 우는 소리를 바람에게 전해 듣는다
갈수록 꿩의 개체수가 줄고 있다면
꿩의바람꽃도 꿩과 같이
사라지고 있을 것이다

꿩의 다리같이 앙상한 꽃대 위에
흰 촛불 같은 꽃을 밝히고
서로 이름을 나누어 쓸지도 모르는
꿩 울음소리를 기다린다

노루귀, 봄까치풀, 흰하늘매발톱, 노란제비꽃

숲에는 한 이름으로 같이 쓰는 존재들이 많다
주로 짐승들이 꽃에 세 들어 살거나
짐승에 꽃이 곁살이로 산다

거칠어진 말을 곱게 빗질해 주거나
흩어진 생각을 외가닥으로 모아주기도 한다
꿩과 바람이 얹혀사는
그 여린 꽃 대궁을 흔들면
푸드득 꿩 한 마리
날아갈 것 같다

명자나무 요일보고서

바람의 살이 볼에 닿는 감각이 달다
달콤한 바람에
탱탱한 맨살 뚫고 나오는 꽃봉오리 경이로운 월요일
뿌연 안개비 받아 나뭇잎에 토닥토닥 적시는 화요일
살짝 웃거름 주니 기포처럼 부푸는 꽃망울가슴 벅찬
수요일
날아드는 벌과 나비에 휘파람 불며 재롱떠는 목요일
사랑하는 님 발소리에 다정한 낯빛으로 기다리는
금요일
한잎 두잎 지는 꽃잎을 보며 시름에 젖는 토요일
교회 종소리에 먼저 떨어진 꽃을 묵념하는 일요일

장맛비

떠도는 영혼들
갈 길 잃어버리고
모여모여 지축을 뒤흔들며
요동친다

어쩌면 풀어내지 못한 울혈된 슬픔이
관절 속으로 콕콕 스며들어와 울고 있다

떠나야 할 것
멈춰야 할 것들이
뒤엉켜 토해내는 눈물일 거야

이 세상 어디에선가
아프고 버림받은 이들이
조용한 반란을 일으키고 있는지도 몰라

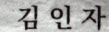

김 인 자

강원도 고성 출생
2019년 시집 『울 엄마』 출간
〈한국가을문학〉 시 부문 신인문학상
화성 서정문학회 회원

울 엄마는

울 엄마는
일곱 식구의
일용할 양식을
책임지는
맛나는 요리사셨다
울 엄마는
나의 마음을
너무 잘 헤아려
주는 심리학자였다
울 엄마는
집안의 모든 살림을
부흥케 하신
경영학 박사이시며
지대한 공로자이셨다
울 엄마는
전능자가 계심을
인정케 하신
영적인 지도자셨다
울 엄마는
세상에서

가장 아름다운
스승이시다

어머니는

하나님의 사랑을
품은 여자
하나님의 용서를
가진 여자
하나님의 자비를
베푸는 여자
하나님의 인내를
나누는 여자
하나님의 충성을
맹세한 여자
하나님의 온유를 가진
뜨거운 여자
하나님의 절제를 배워
다스리는 여자
모든 신 중의 신이신
하나님의 모습을
닮아버린 여자
여자 중의 여자인
엄마!

화양강

화양강은
아침 빛에
눈부시게
빛나는 보석으로
맞는다
서러운 시간은
화양강 속에
수장시키고
코끝에 매달려 있는
아침향기로
하루를 살아낸다

찔레꽃 사랑

아무나 보지만
누구나 볼 수 없는
찔레꽃 사랑
뽀얀 향기를 안고
봄하늘 가득 채운
신중한 사랑을
고백하는
찔레꽃 사랑
시린 고독을
안아준
그대의 가슴에서
꽃사랑 노래하는
찔레꽃 사랑

그 사람을 기다립니다

언제 오실지
어떤 모습으로
다가올지 모르는
그 사람을 기다립니다
봄이 꽃을 일으킬 때
오실는지요
붉게 타오른 목단꽃이
사그라질 때 오실는지요
추억을 소환시켜
가을바람 타고
오실는지요
손이 시려워
발이 시려워
눈물 찔끔 날 때까지
인내하며
그 사람을 기다립니다

가뭄

뒤틀린 물살을
부둥켜안고
곱게 부어줄 비를
기다립니다
돌멩이를 녹일
뜨거운 폭염은
저 멀리 비켜달라고
여름에게
고함치며
달달한 비를
기다립니다

적송

오랜 시간들을
아무렇지 않게
기다렸습니다
붉은 살갗이
두텁게 딱지 않고
아픔을 아프다고
소리 낼 기운조차
아까워
버텨 낸 시간
목말라 죽을 것 같은
여름은
얼음꽃을 안고
얼어죽을 것 같은
겨울은
불 같은 겨울을
사랑하고
곱게 피어줄 그 봄을
그리며
굳게 있습니다

무지사랑

가느다란 실바람에도
나풀거리는 사랑을 잡으려
백향목같이
든든한 그대의 손을 잡고
여행을 합니다
보지 못한 영광을 보려고
호화로운 사랑을 나누는
그대의 능력에
그저
볼 수 없는 눈물로
사랑을 고백하고
푸르름이 짙어진
노송의 사랑을 꽃피우려
여행을 합니다

꽃길만 걸어요

꽃길만 걷고 싶어서
발바닥에 불나도록 뛰어서
나, 지금 여기 와 있네
때로는 돌부리에 넘어지고
때로는 가시밭에
자빠지고
때로는 복도 많아 행복했네
꽃길만 걷고 싶어서
내 젊음을 불태우고
꽃길만 걷고 싶어서
그대를 만나 사랑했네
꽃길만 걷고 싶어서
싱싱한 푸른 하늘을
그대와 걷고 싶네
꽃길만 걷고 싶어서
꽃길만 걷네

세상살이

이러쿵저러쿵
말도 많고
탈도 많은 세상살이
치이지 말고 살아야지
아등바등
허둥대는 세상살이
이 세상 사는
사람 누구나
알고 사는 병인 것을
이러쿵저러쿵
말도 많고
탈도 많은 세상살이
치이지 말고
사랑하는 님과 함께
행복하게 살아야지

김 희 순

2014년 〈문학바탕〉 수필 등단
방송통신대학교 국문과 졸업
화성 서정문학회 회원
현재 화성 월문초등학교 행정실무사로 재직

부모님의 눈부셨던 날들

정년퇴직한 큰오빠가 친정집과 가까운 군 소재지에 취업이 되어 58년 된 시골집을 지붕과 뼈대만 남기고 리모델링을 시작했다. 두 달여 기간이 지나서 언니네 가족과 함께 시골집을 방문했다.

오빠가 얼마나 힘들고 고단했을지 짐작이 가고도 남았다. 일부 정리가 된 상태이지만 아직도 창고며 주방 살림이며 손 갈 데가 너무 많았다. 언니가 다음에 여동생이랑 와서 버릴 것 과감하게 버리고 오빠랑 엄마가 조금 더 편안하게 지낼 수 있도록 하자고 해서 대충 정리만 했다.

묵은 시골 짐들이 얼마나 많았겠는가? 옷장에 옷, 이불들도 많고 창고에 아직도 정리하지 못한 것들을 주말을 이용해 조금씩 정리하다 보니 일이 더디고 힘들다고 하신다.

묵은 앨범들을 꺼내서 통풍을 시키고 옷장에 있던 옷과 이불들을 꺼내서 말리고 입지 않는 엄마 옷들을 버리고, 너무 먼 곳이라 2박3일 일정이지만 오고 가는 시간이 많이 걸려 도와 드리지 못해 아쉬움이 남는다.

앨범들을 정리하면서 부모님의 결혼사진과 나들이 사진들, 회갑 잔치 사진, 오남매 어릴 때 사진들, 초등학교 졸업앨범들, 대학교 졸업사진이며 졸업장 등, 오남매 결혼사진들, 손주들 사진, 증손주들 사진까지 잘 간수해 놓으셨다.

70년이 넘은 부모님의 결혼사진을 보면서 이렇게 젊고 아름다운 시간들을 지나오셨구나, 결혼사진 속 엄마는 족두리도 못 썼다고, 친 올케였으면 하나밖에 없는 시누이를 이렇게 결혼시키지 않았을 거라며 숙모의 흉을 보셨다. 많은 시간이 지나 아흔 연세에도 시집간 그날을 생생히 기억하고 계셨다. 사진마다 엄마는 어디라고 장소도 또렷이 기억하면서 흑백의 사진들 속에 젊고 아픈 일들과 추억을 소환하셨다. 시간 가는 줄 모르고 사진들을 보면서 우리 아이들도 신기해하며 졸업앨범에서 어린 시절 흑백의 삼촌과 이모들을 만나 웃음 지었다.

나의 고향은 봄과 가을에 한가한 시기가 되면 동네 어른들이 나들이를 다녀왔다. 그런 날에는 아버지는 양복에 모자를 쓰셨고, 어머니는 한복, 아니면 양장을 맞추어서 입었던 기억이 난다. 평소의 일하던 초라한 옷차림을 벗고 가장 멋진 모습으로 관광버스를 타고 음식도 많이 장만해서 동네가 떠들썩하게 출발했었다. 워낙 낙후된 곳이라서 변변한 나들이를 가는 것이 쉽지 않았기에 그런 날이 얼마나 기다려지고 행복하셨을까? 버스가 떠나가라 노래도 부르고 춤도 추면서 여흥을 즐기셨을 거다.

봄 화전놀이 하는 어머니들이 모래사장에서 곱게 한복 입고 장구 치며 노래 부르며 춤추었던 모습이 기억 속에 남아있다. 아버지들은 계모임 하는 날 윷판이 벌어졌고 마당에 멍석을 깔고 걸쭉한 농담에 진한 막걸리를 들이켰던 모습도 생생하다. 그러한 순간들이 행복한 시간 들이 아니었을까?

결혼한 지 59년 동안 아버지와 함께 살면서 여러 가지 일들과 사건들이 얼마나 많았겠는가? 가난과 아버지의 주사로 어머니는 힘든 젊은 시절을 보내셨다. 아이들을 키우다가 눈앞에서 두 아들이 죽었던 애통한 일들도 있었고, 집을 나가고 싶었던 때, 죽고 싶었던 때도 많았지만 자식들 생각에 꾹 참고 버티셨다고 어머니는 말씀하신다.

가난한 살림에 자녀들을 다 도시에서 교육을 시키려고 부모님은 힘든 노동과 싸우시며 악착같은 시간을 보내셨다. 논과 밭도 마련하고, 소와 염소도 키우며 가계에 보탬이 되는 소소한 일거리도 놓치지 않고 살림에 보태셨다. 그렇게 녹록치 않은 시간들을 보내셨고 자녀들을 다 결혼시키고 편안히 두 분이 사시다가 아버지는 86세의 생일을 못 지내고 돌아가셨다.

그렇게 10년이란 시간이 훌쩍 지나 지금 어머니는 90의 연세에 노인장기요양등급을 받고 주간보호센터를

다니고 계신다. 집에 있고 싶어 하는 어머니를 달래 면소
재지에 있는 센터에 등록해 드렸다. 친구들과 만나 이야
기도 하고 센터 프로그램도 잘 적응하고 계시며 지금은
다니길 잘했다고 하신다.

지금 나도 결혼한 지 31년이란 시간이 흘러가고 있다.
그 시간 동안 어려운 일, 힘든 일, 남에게 말하고 싶지 않
은 일들도 있었지만 잘 견디며 지나왔다. 자녀들도 이제
는 걱정하지 않을 만큼 각자의 직장에서 역량을 발휘하
고 있다.

나 또한 부모님의 살았던 시간들을 지나가고 있지만
그렇게 힘들지도, 아픈 일들도 없이 어찌 보면 평안한 시
간들을 살아왔다.

길고 긴 여정을 걸어가고 있는 지금, 부모님의 젊고
아름다웠던 시간들과 마주해 보니 인생이란 단어를 생각
하게 된다. 성경에도 "우리의 연수가 칠십이요, 강건하면
팔십이라도 그 연수의 자랑은 수고와 슬픔뿐이요 신속히
가니 우리가 날아가나이다."[시편 90:10] 라고 하였다.

강건하여 오래 살아도 자랑할 것은 못 되고 세월은 날
아가듯 빨리 지나가 버리는 덧없음이다. 부모님이 우리 오
남매에게 보여주신 그 성실함과 인내의 시간들이 사라지
지 않고, 그러한 시간들이 유산이었다는 것을 깨닫는다.

나도 살아가는 동안 앞으로의 시간들이 얼마나 남았을
지 모르지만 자녀들이 부모님을 생각하는 마음이 나와 같
은 마음이기를 바라는 것이 욕심이 아니기를 소망해본다.

내 삶의 흉터와 소중한 기억들

　나의 얼굴 이마에는 깊이 패인 흉터가 있다. 내가 다치지도 않았고 기억에도 없는 깊은 흉터로 인해 나는 앞머리로 그 흉터를 감추며 살았다.

　결혼도 하고 아이도 낳고 일 년에 한두 번 가는 친정집, 여름휴가 때 엄마랑 동생이랑 나랑 한방에 누워서 옛날 살아온 이야기가 한창일 때 "그런데 엄마 내 이마에 있는 흉터는 왜 있는 거야?" 하며 물어보았다. 엄마의 말씀은 내가 두세 살 때 여섯 살 많은 둘째 오빠가 나를 돌보았다고 한다. 토방에서 놀다가 떨어졌는데 하필이면 맷돌 모서리에 부딪혀 이마가 깨졌단다. 그 옛날촌에는 의사도 없고 약국도 없는 곳이라 우리 세대가 다아는 아까징끼로 소독하고 하얀 가루약 뿌려주고 그것이 치료의 끝이었단다. 다행히 덧은 나지 않고 머리 안깨지고, 눈 안 다쳐서 얼마나 다행이었는지 모른다고 하셨다.

　둘째 오빠는 나를 돌보느라 학교도 제대로 입학 못하고 아홉 살에 한 살 어린 동생들과 국민학교를 다녔다. 지금 이런 얘기를 하면 이해하기도 힘들고 어떻게 두 살배기 아이를 어린아이한테 맡기고 일을 할 수 있냐고 할 테지만 그 시절에는 그런 일이 많았다.

녹록치 않은 살림에 어른들은 일 속에 파묻혀서 살아야 했다. 배운 것 없고, 가진 것 없이 혹독하게 살아 내셨다.

아버지, 어머니는 해방도 맞이했고 전쟁도 겪었고 많은 풍파를 겪으셨던 세대이시다. 초가집 한 칸, 보리 두 말로 분가했다고 하시니 살아갈 일이 얼마나 막막했을 것인가?

여름 땡볕에도 아버지는 문어 낚시하러 새벽부터 바다로 나가셨고(문어를 말려서 팔면 가계에 보탬이 되었다.) 어머니는 논으로 물 대러, 밭에 잡초 매러 나간 기억이 아직도 생생하다. 그러니 집안일은 자녀들이 도울 수밖에 없었을 것이다.

나는 고구마를 좋아하지 않는다. 겨울철 점심은 고구마와 김치가 전부였다. 아버지와 막내만 밥을 먹었고 다른 가족들은 고구마로 해결했다. 나중에야 쌀이 없어서 고구마가 양식이었다는 것을 알게 되었다.

나의 고향은 낙도 중의 낙도다. 누군가 고향을 물어보면 "소록도 옆의 섬이다."라고 하면 다 알아 듣는다. 그 소록도, 슬픔 가득 안고 있는 섬이 지척에 있어도 한 번도 가지 못하고, 결혼하고 아이들 초등학교 때 30대 후반에 갔었다.

지금은 소록대교, 거금대교가 생겨서 언제든지 갈

수 있는 곳이지만 지금도 여전히 일 년에 한두 번 밖에 가지 못하고 있다.

아버지 돌아가시고 몸이 불편한 어머니가 나랑 일 년 정도 지내다가 지금은 고향으로 내려가셨다. 그나마 큰오빠가 집 근처로 직장을 다니시고 집도 엄마 지내기 편하게 고치고 자주 들여다 봐 주시니 큰 걱정을 덜었다.

살면서 나에게도 적지 않은 어려움이 있었지만 그렇다고 가슴에 흉터를 줄 만큼은 아니라고 생각한다. 누구나 다 각자 몫의 수업료를 내고 인생을 살아가기에 버틸 수 있는 힘도, 이겨낼 수 있는 배짱도 있을 것이다.

지금 나는 하루하루를 무탈하게 보내고, 자녀들에게도 각자의 인생길을 잘 헤쳐 나갈 수 있는 힘과 용기가 배가되기를 기도하고, 가족들의 건강한 날들이 함께하기를 소망하며 살고 있다.

엄마의 시루

친정엄마는 유독 음식솜씨가 좋으셨다.

어릴 때 부뚜막에는 솔잎 마개의 식초병이 대여섯 병 항상 놓여 있었고 엄마는 그 식초병을 관리하고 새로 만들고를 반복하셨다. 엄마의 회무침은 이웃에 소문이 날 정도로 맛있었다. 그래서 그런지 나이 먹어도 엄마가 된장 넣고 쪼물쪼물 무쳐 주셨던 나물들, 간장과 참기름 넣고 해주신 김자반 무침, 아들들이 지금도 말하는 할머니표 채칼지(무우와 달래를 넣은 김치)등은 지금도 침이 고이게 한다.

엄마가 많이 해 주셨던 음식 중에서 유독 찰밥(약식, 우리 동네에서는 찰밥이라고 했다.)이 맛있었다. 별다른 재료 없이 찹쌀과 여러 가지 콩으로 만들어 주셨던 찰밥, 아버지 생신이거나, 명절날, 결혼하고 친정에 갈 때마다 꼭 해 주시고 넉넉히 싸 주셨던 그 찰밥.

엄마는 찰밥을 꼭 시루에 쪘다. 그 과정이 손이 많이 가고 번거로웠지만 엄마는 하나도 힘들지 않다고 하시며 미리 콩도 불려 놓고, 삶고 하는 과정을 허투로 하지 않으셨다. 그 과정은 많은 시간과 정성을 들여야만 하는 것이다.

찹쌀을 미리 씻어 불려 놓고 아궁이에 시루를 걸고 밀가루 반죽을 해서 김이 빠지지 않게 솥과 시루 사이를 막고, 그리고 시루에 콩과 쌀을 섞어서 안치고 불을 때기 시작하셨다. 불 조절도 엄마의 경험에서 나오는 깜냥으로 하셨다. 한 번 찌고 나서 다시 큰 양푼에 덜어내고 간장과 설탕으로 버무리고 다시 시루에 옮겨서 쪄내고, 다시 양푼에 덜어 내야 하는 번거로움이 있었다. 그런 수고로움은 생각하지 않고 그저 "와! 맛있다!" 하며 잘 먹었었다. 정성 가득한 찰밥을 이웃과 나누고 또 싸주기까지 엄마의 인심은 그렇게 넘쳤다.

엄마가 몸이 불편하고 치매 등급을 받고 나와 함께 1년여를 보냈다. 함께 있는 시간에 엄마의 코치를 받으며 내가 찰밥 찌기에 도전했다. 일단 콩을 삶고, 찹쌀을 씻어 불리고, 엄마가 하라는 대로 찜솥에 삼베 보자기를 깔고 삶은 콩과 찹쌀을 섞어 안쳤다. 그리고 다시 양푼에 옮겨 간장과 설탕을 버무려 또 쪄서 드디어 완성했다. 참기름을 두르고 주걱으로 썩썩 섞고 먹어보니 그런대로 흉내 내기에 성공한 것 같았다. 그렇게 토요일 하루가 지나가고 있었다. 내가 직접 해 보니 엄마의 수고로움과 정성이 찹쌀밥에 녹아 있음을 그제서야 알 수 있었다.

설 명절이면 우리 집 정제(부엌)의 가마솥은 끊임없이 불을 때고 찌고 했다. 엄마는 불 앞에서 연신 뚜껑을 열었다, 닫았다 하며 빠르게 손을 움직이셨다.

　재료가 무엇이 들어갔는지는 모르지만 조청을 직접 고셨다. 진한 갈색이 될 때까지 주걱으로 젓고 또 젓고, 그 조청에 가래떡을 찍어 먹게 하셨다.

　쑥찰떡도 직접 시루에 쪄서 절구통에 넣고 찬물에 손을 적셔가며 절구질을 하셨다. 넓적하게 만든 김이 모락모락 나는 쑥떡을 콩고물에 찍어 먹기도 하고 조청에도 찍어 먹었던 기억이 난다.

　두부도 직접 만드셨다. 맷돌이 없어서 옆집에서 빌려와 불린 콩을 갈고 콩물을 끓이고 고된 노동이었는데도 그 모든 과정을 직접 다 하셨다.

　엄마가 만들어 주신 무우 시루떡을 어릴 때뿐 아직 먹어본 적이 없다. 그렇게 힘든 줄 모르고 넉넉지 않은 살림에 명절 준비를 엄마는 누구의 도움도 없이 척척 혼자 해 내셨다.

　특별한 레시피가 있는 것도 아니고 그저 해 왔던 경험과 손맛으로 식구들 먹일 욕심에 힘든 내색 없이 정성과 시간을 들였다.

　지금은 엄마가 만들어 주셨던 음식들을 더 이상 먹을 수가 없다. 그래서인지 어릴 때 먹었던 음식들이 그리워지는지 모르겠다.

　나도 요리를 좋아해서 음식의 맛을 제법 낼 줄 안다. 한식요리사 자격증도 있고, 문화센터 가정요리 수업도 받으러 다녔다. 레시피를 보면 어떻게 해야 하는지 일머리가 생기고 용량을 재지 않고 대충 넣어도 식구들 입맛에 맞는다. 무엇이든지 해 보아야 맛을 낼 수 있다고 생각해 사 먹는 음식을 선호하지 않고 집밥을 고집하는 편이다.

엄마처럼은 아니지만 은연중 나도 엄마를 닮아가고 있다는 것을 예순이 가까워서야 비로소 깨닫고 있다. 나의 수고로움보다 가족들이 맛있게 먹는 모습만으로 흐뭇하니 말이다.

신발

신발은 우리 삶에 없어서는 안 되는 필수품이다. 발을 보호할 뿐만 아니라 다양한 종류와 패션과도 연결되어 있다. 고대 로마 시대에는 군인들을 위한 튼튼한 군화가 개발되었고, 중세 유럽에서는 가죽 장화가 일반적으로 사용되었다고 한다. 산업혁명 이후에는 대량 생산 기술의 발전으로 인해 신발이 대중화 되었고 다양한 스타일과 디자인이 등장했다.

신발장을 열어보니 신발이 가득하다. 네 식구의 신발이 많기도 하다. 운동화, 구두, 슬리퍼, 샌들, 등산화 등 종류도 다양하다. 이렇게 많은 신발이 필요한 건가? 이렇게 많은 신발이 있음에도 또 신발을 구입하는 이유는 뭘까?

나는 검정 고무신을 신고 유년을 보낸 세대이다. 타이어가 그려진 고무 냄새 나는 검정 고무신, 그 고무신을 신고 학교도 잘 다니고 논에 심부름도 가고, 줄넘기, 달리기도 잘했다. 그때는 다른 친구들의 빨간 구두도 부러워하지 않았고 대부분의 친구들이 검정 고무신을 신었던 때라 부러움도 몰랐다.

4학년 봄 소풍 가기 전 엄마가 장에서 사다 주신 캔디 캐릭터가 그려진 빨간 운동화를 처음 받았을 때 너무 기쁘고 좋아했던 기억이 난다. '새 신을 신고 뛰어 보자 폴짝' 동요처럼 신발을 신고 걸어도 보고 뛰어도 보고 했었다. 그렇게 운동화가 다 떨어질 때까지 새 신발을 기다리며 지냈다.

중학교 때는 검정 교복에 파란색 운동화를 신었다. 지금의 캔버스화 같은 운동화이다. 친구들은 검정 구두를 신기도 했지만 나는 졸업할 때까지 파란색 운동화를 신었다. 체육대회 날이나 마스게임 할 때는 흰색 스포츠화라 불리는 빨강, 파랑 줄이 있고 바닥이 고무로 된 운동화를 신었는데, 아주 특별한 행사 때만 신었던 것 같다. 유복하지는 않았지만 그래도 부모님이 해 줄 수 있는 것들은 기죽지 않게 장만해 주셨다.

고등학교 때 드디어 구두를 처음 신어보았다. 교복 자율화 1세대로서, 청바지에 잠바를 입고 배낭 비슷한 가방을 메고 학교를 다녔다. 학교가 산 중턱에 있어 처음 신었던 구두가 아주 불편해서 얼마 신지 않고 운동화로 바꿔 신었다.

시골에서 올라온 나는 메이커도 몰랐고 어느 정도 가격인지도 몰랐다. 짝꿍이 나이키 운동화, 나이키 가방을 들고 다닐 때도 가격을 모르고 지내다가, 친구가 시내에 신발 사러 간다고 해서 따라갔다가 비싼 금액을 보고 '신발이 이렇게 비싸구나!' 하고 이 비싼 신발이랑 가방을 들고 다닌 아이들은 얼마나 부잣집 자식일까 하며 내심 부러워했다.

20대 때는 한창 멋을 부리느라 '똑 똑 똑' 소리가 요란한 뾰족구두를 신고 직장을 다녔다. 발이 아프고 부었어도 감수하고도 잘 신고 다녔다. 뾰족구두는 멋을 부리기에 아주 좋은 소품이다.

30대 때는 거의 슬리퍼만 신고 살았다. 결혼하고 살림과 육아로 집에만 있다 보니 신발은 가장 편한 것만 신게 되었다. 그때는 나를 돌아보거나 꾸밀 여유 없이 아이들을 최우선으로 돌보았다. 걸음마를 시작했을 무렵 세발자전거 뒤에 아이를 앉혀 놓고 앞에서 끌어 줄 때도 슬리퍼를 신고 나갔고, 시장을 갈 때도 슬리퍼만 신고 나갔다.

40대 때는 편한 운동화나 굽이 낮은 단화를 신게 되었다. 구두는 조금만 걸어도 발이 아프고 불편하다. 운동화가 제일 편하게 되어 조심스러운 자리가 아니면 쭉 신고 다닌다. 멋을 부리는 것보다는 편하고 실용적인 것을 택한 것이다.

지금도 나는 운동화를 신고 다닌다. 직장에 갈 때도, 교회 갈 때도 운동화를 자주 신는다. 기능성 운동화가 많이 나와 있어 선택의 폭도 넓다. 브랜드도 다양하고 가격도 천차만별이다. 자녀들은 신발을 해외 직구로 구입하기도 한다. 고가의 신발을 모으는 사람들도 많다는 것을 최근에 방송매체를 보고 알게 되었다.

어렸을 때 비싸게 느껴졌던 나이키 신발도 우리 집 신발장에 몇 켤레나 들어 있다. 신발장에 여러 브랜드의 신발들이 빼곡히 차 있다.

자꾸자꾸 신발을 사 모으는 나를 보게 된다. 궁핍하고 결핍이 많았던 어린 시절을 보상하기라도 하는 듯 자꾸 핑계를 만들어 구입한다.

지금 있는 이 신발만으로도 충분하다. 나와 함께 어디든 갈 수 있는 신발들, 이 신발들 신고 비행기도 타고, 기차도 타고, 배도 타고, 그렇게 움직이는 것이다. 신발은 쌓아 놓는 것이 아니라 내가 걷고 활동하는 용도로 잘 신자.

이 글을 쓰면서 나와 함께 했었던 신발들을 되짚어 보니 아련한 미소가 번지고 그 시절의 나를 보는 것 같아 마음이 먹먹해 옴을 느낀다. 나의 발을 편하게 보호해 준 신발, 나의 멋스러움을 더해 주었던 신발, 그리고 함께 나의 발걸음에 묵묵히 동행해 주었던 신발, 참 고마운 존재이다.

작지만 소중한 귀

우리 신체 중에 소중하지 않은 기관은 없다. 조그마한 상처가 나도 불편하고, 작은 가시가 박혀도 신경 쓰이고, 눈에 티끌 하나만 들어가도 눈물이 나고 눈 뜨기도 힘들다. 발가락 하나가 어느 곳에 부딪혀 멍이 들어도 절뚝거리는 불편함이 있기도 하다.

귀에 대해서 아무런 불편 없이 지내다가 자꾸 삐~ 하는 소리와 멍해지고, 어지러운 증상이 동반했다. 갑자기 눈앞이 캄캄해지고, 길을 걷는데 술 취한 사람처럼 자꾸 옆으로 걷는 것을 인지했다. 동네 이비인후과에서 몇 가지 검사를 했다. 큰 이상은 없다고 하는 의사의 소견이 있었지만, 혹시 뇌에 이상 있는 것은 아닌가 싶은 조바심에 2차 병원에서 진료받기를 희망했다.

직장에 휴가를 내면 나의 일을 누군가 대신 해야 해서 고민하다가, 상사분께 말씀드렸더니, 빨리 검사받는 것이 좋겠다고 하신다. 양해를 구하고, 병원을 예약하고 MRI(자기공명영상)을 찍었다. MRI 기계 속으로 들어가는데 귀마개를 했는데도 불구하고 소음이 생각보다 너무 커서 불안하고 겁도 났다.

결과 확인하기까지의 삼일. 길지 않은 시간 동안 별일이 아니기를 얼마나 기도했는지 모른다. 평소에는 기도도 건성으로 하는데 이 기간만큼은 생각날 때마다 '하나님 도와주세요, 아무런 이상이 없도록, 제발, 제발, 도와주세요.' 이렇게 간절히 기도하는 나를 보고 '참 간사하고 이기적이구나,' 필요할 때만 하나님을 애타게 찾는 나의 모습에 뻔뻔한 일면을 보게 되었다.

결과를 확인하러 가는 날, 추적추적 겨울비까지 내려 마음이 더 무겁고, 혹시 '안 좋은 결과면 어쩌지?' 하는 마음과 '아닐 거야, 난 해가 되는 음식은 먹지도 않고, 건강도 잘 챙기고 있는데 별일이 있겠어?' 하는 두 마음이 나를 더 불안하게 했다.

다행스러운 것은 이런 증상이 지속되지 않고, 일시적일 수 있다는 의사의 말에 안심이 되고, 스트레스를 받거나 면역력이 떨어지면 몸에서 여러 가지 신호를 보낸다는 것이다. 건강한 사람들은 평소에 균형을 잘 유지할 수 있지만 감각신경계에 이상이 있거나, 뇌에서의 통합기능에 이상이 생기면 어지럽고 중심을 잡기 힘든 현상이 발생한다는 것이다.

귀에서 생기는 어지럼증은 말초성 어지럼증이라고 해서 이석증이 대표적인 질환인데, 전정신경염(내이, 속귀)에는 몸의 평형을 감지하는 전정기관이 있으며, 여기서 수집된 평형감각의 정보는 전정신경을 통해 뇌로 전달된다. 메니에르병도 말초성 어지럼증에 해당 된다. 귀에서 생기는 어지럼증의 경우 치명적인 결과를 초래하는 경우는 드물다는 의사의 자세한 설명에 내심 안심이 되었다.

귀에 대해서 불편한 적도 없고 아파보지 않아 그냥 지나쳤지만 이러한 일을 겪고 나니 귀가 얼마나 소중한지 생각해 보는 시간을 갖게 된다.

귀는 우리의 몸에서 소리를 듣고, 균형을 유지하는 중요한 기관이다. 귀로 들은 소리는 청각 신경을 통해 뇌로 전달되고, 삶의 다양한 측면에 영향을 미친다. 소리를 듣지 못하면 타인과 원활한 의사소통이 어려워질 수밖에 없다. 또한 청력이 저하되면 일상생활 속 안전사고에 대한 위험도 높아진다. 차의 경적 소리를 듣지 못하거나, 혹은 사고가 발생했을 때 반사신경이 늦게 반응할 수 있다. 따라서 단순히 소리를 잘 듣기 위해서만이 아니라 일상 속 예기치 못한 상황을 방지하기 위해서도 매우 중요한 기관이다.

귀 질환은 다양하다. 외이도염, 중이염, 내이염으로 나눌 수 있는데 외이도염은 귀 가장 외부에 있는 외이에 발생하는 것으로 주로 샤워나 수영 후 제대로 제거되지 않은 물기가 원인이다. 중이염은 중이 내부에 염증이 생기는 것으로, 주로 감기나 상기도 감염으로 인한 합병증으로 발생한다. 내이염은 미로염이라고도 하며 세균에 감염되어 발생하지만, 대부분 중이염의 염증이 악화 되어 내이로 번지는 것이 가장 큰 원인이다.

청력은 한 번 나빠지면 회복하기도 어렵고, 나중에는 보청기의 도움을 받아야 할 수도 있다. 귀의 역할이 단지 소리를 듣는 거로만 알았는데, 구조 또한 복잡하고 여러 신경이 연결되어 있다는 것도 알게 되었다.

귀 건강을 유지하기 위한 관리 방법도 있다. 귀지는 파지 말고 자연스럽게 배출되도록 해야 한다. 나도 면봉으로 자주 귀를 후비는 습관이 있는데 앞으로는 하지 말아야겠다. 이어폰 사용할 때도 볼륨을 60% 이하로 줄이고, 큰 소음 환경에서는 귀마개를 사용하는 것이 좋다. 또 수영이나 목욕 후 귀를 잘 말려주고 정기적인 청력검사를 받는 것도 좋은 방법이다. 이 방법들만 잘 지켜도 귀 건강을 오래 유지 할 수 있으니 생활 습관으로 만들어야겠다.

잘 보고 잘 듣는 것은 살아가는 데 많은 도움도 되고 지혜를 얻기에 유익하다. 나쁜 것을 자주 보거나 듣게 되면 기분도 우울해지고 정신적으로 불안하게 된다.

신체 어느 한 부분이라도 쓰이지 않는 기관이 없이, 나의 행동 하나하나가 연합하여 함께 일을 한다. 엎드리거나, 걸을 때, 먹고 씹을 때, 종이 한 장을 오려도 온 신경과 손과 눈이 협응하여 완성해 나간다. 서로가 도와주고 손상되지 않도록 보호하는 기능까지도 한다. 나의 몸에서 일어나는 신체 변화에 온 신경과 감각이 함께하다니 신묘막측하다.

새의 지저귀는 소리, 차들의 요란한 경적 소리, 바람

에 흔들리는 나뭇잎의 바스락거리는 소리, 눈을 밟을 때 들리는 뽀드득 소리, 사람들의 고함 소리, 파도가 철썩 부딪히는 소리 등. 그 밖의 다양한 소리들도 생활하는 일상 가운데 가까이 있다.

이러한 모든 소리들이 세상과 조화를 이루고 살고 있음을 새삼 알게 되었고, 소리를 듣고 나에게 전달해 주는 귀의 존재가 이렇게 소중하다는 것을 알게 되었다.

만약 내가 듣지 못한다면 얼마나 불편하고 불행할까를 생각하니 더욱더 귀가 보배라는 생각이 든다. 6개월이 지난 지금 아무런 이상 없이 잘 지내고 있으니 더욱 고마울밖에.

귀야! 고마워!

남 상 헌

경남 창녕 출생. 아호 심해(心海)
연세대학교 행정대학원 최고위 과정 수료
2007년 〈문예사조〉 수필 등단
한국문인협회 회원, 화성 서정문학회 고문
한국민족문학회 부회장
다소영 음악봉사단 단장
한국가을문학협회 상임고문
(사)한국스토리예술연합회 고문
(주)범아기전 대표이사
공저 『서정문학 동인9집』
동인지 『천생 너를 닮은 꽃이다』 외

푸른 안부

온전한 나무가 되기 위한 고된 눈물도
뿌리부터 가지 끝까지 끌어 올린 잔물결도
길 위에 떨어진 낙엽을 보며 먼저 배웅을 했다

비바람 틈 너는 너대로 나는 나대로
내가 가는 길목마다 길을 묻곤 했었지
여기 그곳에서 다시 만났던 때
오래된 가슴 열고 푸른 안부를 묻는다

너를 만나 어디쯤엔가 마구 뿌려 놓았을
서러운 꽃잎들은 안개 따라 사라졌을까
앗, 넋두리를 하다가 슬쩍 삼켜버리면
금세
두 어깨에 툭툭 너의 따뜻한 손길이
계절 사이에서 덥석 변명만 꺼내어 본다

고향집

저 건너 앞산 부엉바위
아련한 고향집이 그립다
깎아지른 산허리
머리에서 가슴까지 소풍을 떠난다

하현달 걸린 야심한 밤
외로운 부엉이 울음소리에
하루해가 저물면
노숙자의 옷깃을 여미게 한다

서걱거리는 찬바람에
갈대가 쓰러질 때면
한 톨의 미련까지도
북풍에 놓인 낙엽 같은 인생길

비가 내리는 부엉바위
생명의 전령들이 약동한다
아득히 저 산 넘어 박 넝쿨에 눌린 초가지붕
고향집이 아련하게 그립다.

초침의 원동력

어제를 지나온 초침
먼동이 터오는 햇살
두 어깨에 기대고 다짐한다
한 치의 오차도 용서할 수 없는
봄날의 잎새들이 먼저 알고 있다

낙엽도 그 운명을 피할 수 없기에
나는 더욱 허리띠를 졸라맨다
지중해는 가볍게 돌아가는 듯
원심의 원동력은
어울림의 미학으로 조화를 이룬다
미학을 출산하는 본능
오늘도 동해의 붉은 태양을 초침이 건져 올린다.

자목련紫木蓮

햇살 한 줌 비켜간 자리
잔설은 아직도 겨울 유배지다
야윈 자목련 한 그루엔
봄볕이 막아서서 잔설을 흘겨본다

눈길마저 스치고 떠난 뒤
상처 잃은 설움만
진분홍빛 가슴 깊이 넣어둔 채
그날을 생각하며 만지작거린다

희망, 언제나 내일을 꿈꾸며
파도가 실어 준 남국의 봄바람은
두 어깨를 흔들고 가지마다 붉은 입술
현란한 춤사위 무대를 만들었다

봄볕은 기다림의 끝자락을 붙잡고
요염한 입술로 온 가슴을 물들이며
이 봄날 자목련 꽃잎은 불이 붙었다.

여름날의 공연

불볕더위가
이마에 땀방울로 맺힐 즈음
공원 벤치 위에 초대장 한 장 두고 간다

어느덧
숲속 공연장 의자로
하나, 둘 사이좋게
여유로운 엉덩이가 모여 들었다

정겨운 트로트 경연은
숲속을 화살같이 날아다니며
귀에 꽂힌다

눈치 빠른 바람 소리는
무임승차 중
장단 맞춘 늙은 엉덩이는 무대를 떠날 줄 모른다

땅속 깊은 17년의 긴 세월 묵언 수행한
매미들의 저 요란한 소리로
맴맴 즉흥곡으로 흥을 더한다

삶이란 저 통곡 소리다
한 치의 옳음도 그름도 없이
삶의 여유까지도 혼돈스런 일
그러나 그래서 시인은 시를 쓴다

비어있는 개밥그릇

출입문을 들어서면
꼬리 흔들며 반기던 녀석
어느 날 털썩 눈을 감았다
땅을 깊게 파고 내 마음까지
아니 아린 가슴까지 꼭꼭 묻었다

어찌하나 눈물이 났다
바쁘다고 챙겨주지 못했던 아쉬움
덩그러니 놓여있는 개밥그릇만 애처롭다

아, 힘겹도다
땅에 묻고서야 깨우치는 미안함
언제나 반갑다며 반겨주던 녀석
웃어만 주었던 시간들
나는 아직 보내지 못하고 있다.

밑바닥

뒤집을 수 없을까
얼마나 견고한 밑바닥인가
바닥도 가끔 비명을 지른다
칠흑 같은 어둠
꿈은 단 하나
바닥은 언제나 갈증만 삼킨다
모든 것을 단칼에 날려버리고
그날처럼
환상과 공상만 즐비한 세상이다

낙엽

석양이 짙게 물든 백토리
고즈넉한 언덕 위
메마른 가지 끝에 매달려
외롭게 떨고 있는 너

어리디 어린 생명 하나
가을볕에 녹아버린 세월의 흔적
저 허공을 바라보며
온몸을 던진다

이 광 희

경남 거창 출생
〈한국가을문학〉시 부문 신인문학상
화성 서정문학회 회원

No

모든 문 앞에서 예스라고 말했다
친절과 배려로 포장되고
예의와 품위로 위장한 채
타인의 시선에 흔들리는 동안
나는 점점 작아졌다.

거절은 벽이 아니라 가벼운 울타리
이해의 시작이자 안전한 거리
잔잔한 바람은 허락하되
마음은 넘기지 않는 법을
해가 기울고서야 알게 되었다.

누군가의 부탁이 심장을 두드릴 때
나를 깎아 만든
예스 뒤에 숨겼던 나를 지키는 한마디
No 괜찮습니다.

미움 받을 용기 하나가
내 안의 예스가 되어 등을 토닥일 때
세상도 보이고 길도 보이고
또 다른 나를 찾아 길을 나선다.

내 마음

아무도 모른다
안개 속을 걷는 내 마음

나도 모른다
달빛에 젖은 내 마음

토닥토닥 빗소리
너는 아니?
작은 떨림에도 길을 잃는 내 마음

시간은 슬며시 새벽을 달리고
못다 한 말들의 무덤 사이
부치지 못한 편지

달빛이 속삭인다.
괜찮아 나는 네 편이야

울 엄마는 거짓말쟁이

울 엄마는 거짓말쟁이
"나 안 아프다.
밥 잘 묵고, 잠도 잘 자고, 잘 놀고 있다."
나는 안다.
주인을 기다리다 식어버린 죽 그릇
수북한 약봉지 사이 숨은 수면제
며칠째 일하지 않은 신발
괜찮다 말하며 혼자 다독여 온 괜찮지 않은 날들을.

울 엄마는 거짓말쟁이.
"묵고 싶은 거 묵고, 쓰고 싶은 데 쓰고 산다."
나는 안다.
헐렁한 냉장고 대신 내 손에 쥐어진 검은 봉다리
초라한 살림 뒤에 숨겨 둔
마르지 않는 비밀 창고보다 큰 마음
밑바닥까지 퍼주고도 늘 모자랐던 그 사랑을.

울 엄마는 거짓말쟁이.
"전화만 해도 된다. 힘든데 오지 말고 푹 쉬그라."
나는 안다.

뜨신 밥 먹이려고 쌀 씻어놓고
벌써부터 기다린다는 것을
울리지 않는 전화기에 대한 원망으로
하루해가 유난히 길었을 당신의 그리움을.

울 엄마는 거짓말쟁이
"나는 니한테 아무것도 해준 기 없다."
나는 안다.
찌는 더위 나무 그늘처럼,
한겨울 뜨신 아랫목처럼
엄마는 늘 그렇게 내 곁을 지켜주었다는 것을.

언제나 자식이 우선이고 전부인 채
바람 앞의 등잔과 맞바꾼 당신의 세월과
한결같은 그 거짓말이
내 삶을 견디게 했다는 것을
나는 안다.

빈 잔

어깨너머 온기 덜 가신 빈자리
버려진 걸까? 잊혀진 걸까?
못다 한 임무에 대한 성찰일까?
고요한 술잔 침묵이 버겁다.

낙타의 숭고한 그림자처럼
운명을 거스르는 드라마처럼
하루를 매일같이 살아낸 나를 위해
오늘은 너에게 기대고 싶다.

원망은 소용이 없고
변명은 더더욱 필요치 않은 세상
또 다른 내일을 위한 용기와 기도가 필요할 뿐
너에게 기대어 쉬고 싶다.

산다는 건 어쩌면
죽음보다 슬픈 비극의 주인공이 되는 것
정답 없는 현실을 배워가는 것
거짓과 위선에 맞서지 않는 것
나는 아직 겁쟁이다.

타짜놀이

묵은 형광등 아래 낡은 무대
숨소리조차 잊은 한 밤의 그림자
초대하지 않은 손님 귀뚜라미도
응원가를 서두른다.

"이그 묵으라"
마지막까지 내주던 평생으로도 모자라
아직도 딸의 먹이가 우선인 채
앙상한 손끝에서 흘러내린
똥광의 미소가 반갑지 않다.

동전 너머 늙은 딸의 표정을 기웃거리는
똘망한 눈망울이 애잔하다 못해 서글프다.
엄마는 무뚝뚝한 딸의 세월이 시리고
딸은 쇠잔해진 엄마의 인생이 원망스럽다.

다른 듯 닮은 두 모녀의 고단한 기억을 털어내는 동안
이만치 좁혀진 서로의 거리
내일은 두렵지만 과거는 아름다운 것
머잖아 아련한 추억으로 소환될
뻔한 타짜놀이에 새벽이 내려앉는다.

못다 한 기도

아득한 밤하늘에 새겨 본다,
나의 영원한 수호천사 큰오빠
그 이름 옆에 작은 글씨로
어리고 미안한 착한 동생 나.

지우려 할수록 더욱 선명해지는 그 이름
세월을 비껴 잠들지 않는 기억들
나를 따라 걷는 저 외로운 달그림자처럼
지금은 어느 별에서 나를 지켜주고 있을까?

반짝이는 건 별이 아니라 눈물
목 놓아 불러도 대답 없는 메아리
사무치도록 그리운 목소리
보고 싶다. 꿈에서라도

하느님
다음 생엔 수호천사 누나로 태어나게 해 주세요.
작은 날개라도 달아 따스히 품어줄 수 있도록
등불을 밝혀 더 이상 어둠에 길 잃고 헤매지 않도록
행복한 노래의 오누이가 되게 해 주세요.

비 오는 날

비가 오는 날에는 울어도 괜찮아.
슬픈 하늘에 기대어 참았던 기억을 내려놓는 밤
속절없이 무너지는 작은 마음
세상도 함께 울어주는 듯
빗방울이 눈물을 덮는다.

젖어든 회색 풍경 사이
세월의 크기만큼 깊어진 저마다의 흔적들
그리움이라는 이름으로
가슴 저편 아련하게 고여 있는 상처들
빗물에 실려 보낸다.

이 비 지나 하늘이 반짝이는 날에는
촉촉이 젖었던 날개 따스한 햇살에 말리고
남아있는 눈물 자국 위로
무지개를 그린다.

빈 의자

누구를 기다리나?
길 위에 내려앉은 쉼표처럼
걸음을 멈추게 하는 빈 의자
눈 부신 햇살이 걸터앉은 사이로
먼지들이 아주 느리게 춤을 춘다.

누가 쉬어 갔을까?
누가 아직 오지 않았을까?
얇게 남은 누군가의 체온 위로
바람이 데려온 잎새 하나 살며시 내려앉는다.

초록의 싱그러운 냄새와
먼 종소리 같은 삐걱 소리에 마음을 먼저 앉혔다.
괜찮다고 여기까지 잘 왔다고.
어제의 소음들이 가벼워지고
침묵이 조용히 어깨를 만져 주었다.

이제야 알았다.
기다림은 흩어진 나를 다시 모으는 시간이라는 것을
언제든 쉬어갈 품을 내어주기 위해

저 홀로 자리를 지키는 의자처럼
돌아옴을 위해 남겨 둔 자리가 건네는
작은 위로라는 것을

내 물음 앞에 나를 기다려 줄 이 하나 있었으면
그대가 기다리는 이가 나였으면
나 또한 그런 사람이었으면 좋겠다.

숙제

어스름 무렵에 피어난 붉은 꽃 한 송이
터질 듯 차오르는 눈물 애써 삼키고
하루의 끝자락에서야 고르는 한숨

친구들 웃음소리 아련히 멀어지고
마음은 아직 저 골목 어귀에 머무는데
작은 연필 사이 두 팔 벌린 숙제

엄마, 어른이 되면 숙제가 없나요?
나는 언제쯤 어른이 되나요?

삶이란 숙제 같은 것
끝없는 숙제 같은 것
하고픈 것보다 해야 할 것이 더 많은 세상
나는 아직 어른이 아닌가 보다.

나에게로 돌아오는 길

바람이 지나가면 나를 접어 길을 내어주고
비가 내리면 우산을 펼쳐 내 옷을 적셨다.
내 생각이 더 컸던 이유로
나는 어디에도 없었고
외로움은 늘 나의 몫이었다.

습관처럼 타인이 우선이었던 일상
사랑이라는 이름 뒤에 숨어
스스로를 깎아 만든 미소 뒤의 상처들
멍들고 구겨진 마음들은 지울 수 없는 기억이 되어
켜켜이 베갯잇 속에 스며들었다.

별들이 노래하는 밤하늘을 수없이 건너는 동안
나를 찾아 돌고 돌아온 길
이제야 알 것 같다.
사랑이란 모두를 품기 전에
나를 먼저 따뜻이 안아야 한다는 것을

임 현 순

1962년 충북 옥천 출생
2018년 한국방송대학교 국어국문학과 졸업
2024년 〈한국가을문학〉 수필 등단
현재 화성 서정문학회 회원

아버지의 나무

오늘같이 이렇게 바람이 우렁찬 날이면
아껴야 잘산다고 잔소리를 노래처럼 하셨던
아버지가 못 견디게 보고파집니다.
살아가기 힘든 날이면 눈물이 나기도 하고요.

육 남매 배곯지 않게 하려고
밤마다 희미한 등불 아래서 가계부를 적으시던
당신은 우리에게 그늘이었고 잔뜩 가지를
굽히고 버티는 강인한 생명력이었어요.

아버지의 그 인생을 보고 자란 영향일까요.
제 결혼생활 동안 고스란히 채워진 가계부들.
당신이 물려준 남다른 유산이었지요.

그런데 아버지 이제는 그만 쓰려고요
저도 모르게 마음이 억눌렀었나 봐요.
지금까지는 아버지가 낸 숙제를 했다면 이제는
제가 낸 숙제를 하면서 살아보려고요.
축제처럼 어화둥둥 어깨춤을 추듯이 말이에요.

벚꽃이 흐드러질 때면

봄이 몰려오는 3월이 되면 엄마 당신이 그립습니다.
당신이 떠나던 날도 벚꽃 잎이 바람에 흩날렸지요.
산후열로 돌도 채 지나지 않은 어린것을 남겨놓고
그렇게 홀연히 당신은 이승과 이별을 했어요.

동네 사람들도 모여들어 함께 울어주었답니다.
올망졸망 어린 4남매 어찌하나. 어찌하나 하면서요.
엄마와의 시간이 이승에서는 끝이구나 생각하니
제 가슴이 '쿵' 하고 바닥으로 내려앉았지요.

다정하고 순결한 매화꽃처럼 활짝 웃던 당신의 모습
고작 30년 삶을 살다 아픈 것을 못 견디고 재촉한 당신
그 먼 길을 어찌 홀로 가셨습니까.

당신에 대한 그리움의 조각들이
사뿐사뿐 내려앉는 밤이 찾아들면
어린 형제들은 방안에 말없이 둘러앉아
부디 평안히 가시길 빌었답니다.

나이가 들면 병마도 보듬고 가라

잠을 잘 자고 아침에 침대에서 일어나려는데 허리를 움직이지 못할 만큼 통증이 왔다. 어제 잠자리에 들 때만 해도 멀쩡했던 허리였다. 집안에 누군가 있나 싶어서 인기척에 귀를 쫑긋 기울였지만 아무 소리도 들리지 않았다. 곁에 누구라도 있었으면 손을 내밀어 잡아달라고 도움을 청했겠지만, 집안은 그저 적막하기만 했다. 30분 정도를 꼼짝없이 누워 있다가 오른쪽 허리에 손을 짚고 걸어 나와 약통에서 파스를 꺼내 붙였다. 그리고 병원이 문을 여는 시간에 맞추어 집을 나섰다.

X레이를 찍어보고 사진을 살펴본 담당 의사는 허리 디스크 시초라며, 주사를 맞고 처방해 준 약을 먹으면서 결과를 지켜보자고 했다. 입원해서 결과를 지켜보자고 할 줄 알았는데 참으로 다행이었다. 치료약의 효과 덕분인지 다행히 하루가 지나서 일상을 이어가게 해주었다.

정신없이 내달리는 세상을 따라잡느라 허둥거리며 쫓아가다 보니 내 몸 곳곳에 고장이 나고 있었다. 작년 초가을에는 갑자기 앞에 있는 사물의 형체가 뚜렷이 보이지 않아 안과에 간 일도 있었다. 백내장 초기라는 진단을 받고 한동안 실의에 빠지기도 했다. 이 역시 약물 치료로 3개월 만에 좋아졌지만, 시력을 잃고 삶을 그대로 포기해야만 하는 줄 알고 겁을 잔뜩 먹기도 했던 일이 불과 5개월 전의 일이다. 그러고 보니 나는 겁쟁이가 맞다.

죽음은 인간의 존엄성을 지켜주기 위해 존재한다. 따라서 오래 살기를 바라는 것보다 사는 동안 어떻게 열심히 최선을 다해서 보람되게 사는가 하는 문제가 더 중요하다. 다만 의연하게 인정하고 버텨낼 수 있는 용기가 60년을 살아온 지금도 적응이 안 될 따름이다. 이렇게 몸이 아프거나 마음이 아픈 날은 사람도 만나기 싫어지고 혼자 있고 싶어진다. 그래서 잠시 조바심을 접어 한쪽으로 밀어 두고 창으로 들어오는 햇빛에 마음을 맡겼다. 허리가 한결 부드러워지니 다시 몸을 움직이고 싶어졌다. 몸을 일으켜 하루 동안 싱크대에 쌓아 두었던 그릇들을 닦고, 머리에 샴푸를 묻혀 거품을 잔뜩 낸 다음 샤워기로 헹구어 냈다. 그랬더니 축 처져 있던 몸과 마음이 서서히 원위치를 찾아들었다.

계절은 화려한 봄이고 종달새는 거리낌 없이 창공을 날고 있다.

이 세상 모든 것이 평화롭다. 어차피 이 세상에 태어

낳으니 행복하게 살다 수명이 다 되면 미련 없이 떠나주는 것이 예의인 줄 알지만 그걸 인정하기가 생각처럼 쉽지 않다. 하기야 떠나지 않는다고 버텨 본들 달리 방법도 없는데 말이다.

환절기마다 찾아오는 권태감에 속지 말고 지나가는 바람이려니 하고 그냥 보내자. 가끔은 햇살 좋은 베란다로 나가 맨발에 슬리퍼를 걸치고 기대어 서서 게으른 고양이처럼 느릿느릿 시간을 보내는 것도 나름 행복을 느끼는 방법이 될 것이다. 감정이 건강해야 몸이 건강해진다. 그만큼 모든 병은 마음으로부터 오는 것이다. 나이가 든다는 것이 꼭 병마와 싸우는 것만 있는 것은 아니다.

아무 일도 하지 않아도 비난받지 않는 나이. 늙는 것도 특권인 듯싶다. 그런 특권을 마다하고 육체로부터 오는 고통 때문에 늙지 않으려 애면글면하는 것도 아름답지 못한 늙음이 아닐까 싶기도 하다. 때로는 용서도 하고 포기도 하며 약한 듯 쓸쓸한 듯, 그렇게 나이 들어가는 것도 노인다운 처세술이라고 여기면서 살아가면 마음 편하지 않을까 싶다.

나이를 벼슬 삼지 말고 길가에 버려진 쓰레기를 주워서 치울 줄 알며, 더불어 사는 세상을 위해 반보쯤만 양보할 아량만 있다면 나이를 먹어가는 것도 그리 서글픈 일만은 아닐 것이다. 추운 겨울날 서서히 타오르는 연탄재처럼 내 마음 한쪽에 작은 불씨를 넣어 놓고 조금씩 물기를 말리며 노년을 보내고 싶다.

원초적 죄책감

한 달 전에 등산모임에서 만난 박현주 씨는 자식이 없다고 했다.

그녀를 만난 것은 우연히 당근의 등산모임에 가입하면서였다.

당근 카페에서는 물건을 팔고 사는 것으로만 알고 있었는데 다양한 모임이 있다는 것을 알게 된 것도 등산모임에 들어가고부터였다. 처음에는 가입하는 것을 망설였다.

혹시나 부적절한 모임이면 어쩌나 하는 걱정이 들었기 때문이다. 그러나 불건전한 모임이면 바로 탈퇴하고 나오면 된다는 생각으로 카페에 가입하고 나니 방장이라는 사람으로부터 바로 승인되었다는 문자메시지가 도착했다.

그녀를 만난 것은 두 번째 모임에 나가서였다.

모임은 화목토, 일주일에 세 번인데 목요일 아침에 참석하겠다는 사람이 없어서 혼자 약속 장소에 도착했는데 그녀가 나와 있었다. 둘 다 초면이라 어색한 인사를 나누고 곧바로 정상을 향해 출발했다.

마흔넷에 늦은 결혼을 한 예순다섯의 그녀는 아이가 없다고 했다. 다섯 살 연하의 남편과 결혼하면서 아이를 갖지 않기로 미리 약속했다고 하는데 정확한 내막까지는 물어보지 않았다. 내가 원래 궁금한 것이 있어도 바로 물어보지를 못하는 소극적 성격이다. 그리고 굳이 물어보아야 할 만큼 궁금하지 않았다. 아이를 안 낳건 못 낳건 그것은 그들 부부의 선택이거나 운명이라고 생각한다.

나는 우리 애들에게 좋은 엄마는 아니었다. 잘못한 것이 있으면 미안해! 하고 한마디 해주면 될 문제도 못 해주는 뻔뻔한 엄마였다. 그래서 자식을 꼭 가져야 한다는 이론에는 절대적인 찬성표를 찍을 자신감이 없다.

부모란 무엇인가?

원래부터 부모 자격증이 없는 상태에서 아이를 낳았고 부모가 되었으며 그때부터 부모 자격증을 만들어 가기 시작했으니 얼마나 서툴렀겠는가. 준비도 안 된 상태였는데도 자식들에게 이거를 해라, 저거를 해라 요구사항은 왜 그리도 많았는지, 원래 잘하는 사람은 말이 없는데 나는 귀가 아플 정도로 말이 많았다.

내가 낳은 자식이라는 이유 하나만으로 너무 함부로 대한 것 같다.

부모로 산다는 것. 그것은 이 세상에서 가장 어려운 과제인 것 같다. 그리고 평생을 자식에게 죄책감으로 살아야 한다는 원초적 죄책감은 아무리 노력해도 해결이

안 되는 것이다. 자식에게 원만한 가정에서 느낄 수 있는 사랑을 만들어 주지 못한 나는 자식이 없는 그녀를 아주 잠깐 부러워했다가 내 위치로 얼른 돌아왔다.

어릴 때는 예쁘기만 했던 자식들이 성인이 되어가면서 자신의 주장을 강하게 내세우기 때문에 부모는 기대 심리가 무너지면서 자식에게 실망을 느끼게 된다.

나는 아들보다도 특히 딸과의 소통이 매우 어려웠다.

사소한 일로 감정이 어그러질 때면 풀어보려고 대화를 시도해 봤지만, 부모와 자식이라는 관계로 인해서 서로의 입장만 강조될 뿐 화해의 간격은 좁혀지지 않았다.

대화를 시도해 보다가 결말은 사무적인 각자의 생각으로 끝나고 말았다. 서로의 관계가 원만해지려면 대화가 아닌 생각으로 풀어야 긍정과 공감의 사이가 단축되는데 그러질 못했다.

생각으로 대화를 잘 지속시키면 관계가 활발해지고 가슴속에 남아있는 찌꺼기는 자신도 모르게 사라지는 것이다. 이러한 간단한 이치를 나는 딸의 가슴에 생채기를 내놓은 다음에야 깨달았으니 딸이 얼마나 아팠을까 싶어 지금도 미안함을 가슴 한쪽에 항상 안고 산다.

딸은 딸로서 옛날의 상처가 있고 그걸 곱씹다 보니 원래의 문제에서 멀리 떨어져 정지되기 때문에 서로를 이해하기가 더 어려웠다.

딸과 언쟁하다가 내가 밀린다 싶으면 딸에게 나는

"네가 나에게 어떻게 그럴 수가 있어. 내가 너를 어떻게 키웠는데…"하고 엄마를 포기한 말을 쏟아내기도 했다.

그러면 딸도 지지 않고 한마디 한다.

"나도 엄마한테 맞추려고 얼마나 노력했는데."

이렇게 서로의 입장만 내세우다가 서로의 마음속에 스스로 갇혀버려 밖으로 나오지 못하고 문제를 더 키우곤 했다

엄마와 딸은 가장 불편하면서도 가장 편안한 관계. 이것이 엄마와 딸의 관계가 아닐까. 어릴 때는 엄마밖에 모르다가 엄마보다 더 좋은 조건의 엄마들을 알아가며 자기 안에 여러 복잡한 감정들이 자라면서 딸들은 새로운 세계에 눈뜬다.

그날 산에서 내려와 그녀와 점심으로 냉면을 먹으면서 나에게 해주던 말이 잊히지 않고 있다. "그때 자식을 낳지 않은 것이 지금은 후회가 많이 남아요. 사람들이 우리 부부를 위로한답시고 무자식 상팔자라는 말을 대놓고 하면은 화가 치밀어 올라와 감정이 폭발하려고 해요."

위로라는 것은 상대방을 생각해서 해야 하는데 대부분 사람은 그것이 비폭력적 언어라는 것을 잘 인지하지 못하는 것 같다.

딸에게 따뜻한 말을 많이 해주지 못한 것이 가장 미안하다.

엄마의 말은 딸의 마음에 저장된다고 한다.

특히 어렸을 때 들었던 말들로 인해서 마음의 상처를 크게 입는다고 한다.

자식이 없는 그녀를 만나면서 부모가 된다는 것이 큰 행운이고 선택받은 자라는 것을 깨우치게 된 계기가 되었다. 그동안 딸에게 섭섭한 것이 남아있다면 땅속에다 묻고 기분이 좋은 말들만 딸에게 주기로 해야겠다. 부족함이 많은 나에게서 그래도 잘 자라준 딸과 아들에게 큰절해도 전혀 아깝지 않을 것이다.

사람은 나이가 찬다고 마음도 차는 것은 아닌 것 같다.

내면이 충실해지도록 더 노력하는 것이 앞으로 나에게 남은 과제일 것이다.

산에서 얻는 작은 위안

요즈음은 감정의 기복이 심하게 요동칠 때는 산을 찾는다.

오늘 아침도 최소한의 가벼운 복장을 하고 미리 얼려 놓은 얼음 물병을 가방에 챙겨 집을 나섰다. 버스 정류장에서 5분을 기다리니 서봉산 방향으로 가는 35번 버스가 도착했다. 일요일 아침. 버스 안에는 대부분이 나와 비슷한 가벼운 옷차림인 것으로 보아 아마도 야외로 나가는 승객들이 다수인 듯싶다. 빈자리가 여유 있게 남아 있었다. 자리에 앉아서 무심히 창밖을 바라보고 있는데 배낭에 넣어 두었던 휴대전화에서 카톡 진동 소리가 들린다. 이 시간에 나에게 올 카톡이 있을 리 없어서 광고겠지 하고 무시해 버린다. 시도 때도 없이 울리는 광고에 이제는 제법 무심해지고 있었다.

넘쳐나는 광고의 홍수 속에 사는 현대인들. 세상이 변하고 있음을 체감으로 느낀다. 잠시 뜸을 들이다 진동이 다시 울린다. 두 번째는 궁금해졌지만 열어보지 않았다.

내가 급할 이유가 없다. 내가 궁금한 것은 오늘 날씨

가 흐릴지 맑을지가 관건일 뿐이다. 일요일의 거리는 바쁘게 속력을 내어 지나가는 몇몇 자동차를 제외하곤 인적이 뜸하다 창밖은 흐린데 버스 정류장에 혼자 앉아서 빵을 먹는 젊은 아가씨의 긴 머리가 아름답다. 서둘러 나오느라고 아침을 대충 먹고 나왔더니 여자가 먹고 있는 빵에 군침이 돈다. 내려서 하나 얻어먹고 싶은 간절함까지 느낄 만큼 그 여자는 맛나게 먹고 있다. 집에서 나오기 전에 반쯤 마시고 식탁에 그대로 놓고 나온 커피도 그립다.

아침에 눈을 떴는데 머릿속이 멍했다. 요즘 들어 자주 이런 현상이 나타나곤 한다.

그대로 두면 감정이 뒤엉켜 위험해질 것 같아서 내 나름으로 방법을 생각해낸 것이 등산이다. 감정이 복잡할 때나 어딘가로 피신하고 싶을 때 가까운 산을 찾는다. 산에 올라서면 사방으로 탁 트인 전경들의 아름다움에 힘겹게 올라온 육체의 무거움도 사라진다. 매일 똑같은 장소이지만 똑같은 풍경은 아니다.

가파르게 정상에 올랐다가 껑충껑충 가벼운 발걸음으로 내려오다 보면 어느 순간에 출발 지점에 이르게 된다. 등줄기에 흐르던 땀줄기도 시원한 바람에 멈추어 선다.

젊었을 때는 산보다 바다를 좋아했었는데 3년 전부터 산에 끌리기 시작했다.

직장 생활할 때도 산악회 모임이 있을 때면 며칠 전부터 없는 일정을 억지로 만들어 내어 산행에 빠질 만큼 산에 오르는 것을 싫어했었던 나다.

그렇게 산을 싫어하던 내가 등산을 시작한 계기는 60대 초반에 찾아온 갑상선암이라는 병마와 우울증이 겹치고부터이다. 정신력이 바닥에 닿으면서 대인기피증까지 생기는 데 정말로 암담함이 이런 그것이라는 것을 체험했다. 어딘가로 피신할 장소가 절실하게 필요했다. 그러던 중에 돌아가신 친정 오빠가 젊었을 때 주말마다 산에 가던 모습이 떠올랐다. 오빠가 얼마나 산을 찾았는지 아버지까지 나서서 산에 가는 오빠를 말렸지만, 부모의 간곡한 애원도 거절한 오빠였었다. 그때 오빠에게 산에 뭐가 있길래 그렇게 열심히 가느냐고 물었더니, 오빠의 대답이 지금도 잊히지 않는다. 산에는 자신을 품어주는 넓은 품이 있어서 간다는 것이다. 그래서 확인해보고자 산에 가본 그것이 시작되어 지금은 나만의 든든한 위안처를 얻게 된 것이다.

산은 우러러보면 더욱 높고 자세히 바라보면 더욱 견고하다. 산은 나를 예를 갖추라고 보듬어 주고 침묵으로 안아준다. 때로는 겸허해야 한다고 부드럽게 쓰다듬어 주기도 한다. 그래서 나는 산을 좋아하고 사랑한다.

이른 봄의 산은 요술 같은 빛깔로 말을 한다. 산은 자연을 조절하는 조종사다. 산에 가면 온갖 새들의 웃음소리를 들을 수 있다.

산은 나 같은 사람에게는 휴식과 위안을 또 다른 사람에게는 추억을 다른 어떤 이에게는 용기와 희망. 힘을 실어준다. 나에게 한 가지 바람이 있다면, 산골에 작은 오두막을 짓고 자연의 꽃밭을 일구어 가꾸면서, 산의 햇살을 초대해 대화를 나누면서 살 수 있다면 더 바랄 게 없을 것 같다,

산을 오르다 보면 화려한 양쪽 날개를 펴고 자태를 자랑하며 날아가는 종달새들을 종종 본다. 그의 몸에는 선조 대대로 핏속을 지향하며 위로 향하는 강한 본능이 흐르고 있음을 느낀다. 더 고마운 것은 여러 인연을 만날 수 있어서 좋다는 것이다. 오르다가 낯선 여인을 만나면 그동안 못다 한 이야기들을 털어놓으며 가벼운 마음으로 능선을 오른다. 우연히 만난 그녀는 처음 보는 나에게도 전혀 경계하지 않으면서 보듬어 주는 것을 아끼지 않는다.

이렇듯 산은 누구를 차별하지 않고 보상은 더더욱 바라지 않고 모든 사람을 편안하게 받아준다. 다가올 가을에 형형색색으로 물들어 있을 푸른 잎들을 바라보니 마음이 상쾌해졌다. 이제 멀지 않아 아름다움으로 가득한 세상, 그림의 한 장면으로 펼쳐질 시간이 머지않아 보인다.

아버지로부터 물려받은 유산

"어디에 썼는지 기억이 없는데 돈이 없네."

28년 동안 가계부를 정리하면서 수없이 던졌던 질문들. 결혼한 이후부터 가계부를 적기 시작해서 올해로 38년째다.

내가 가계부를 쓰는 것은 친정아버지의 영향이 80%라고 할 수 있다. 아버지는 내가 초등학교 때부터 저축하는 습관을 내 몸에 심어주었다.

어릴 때 우리 집은 문방구를 하였는데 아버지는 학교에 가는 아침에 나에게 10원짜리 동전을 500원씩 묶어서 주셨다. 그걸 받아든 나는 학교 가는 길목에 있는 우체국에 들러서 저금하고 가면서 통장의 잔액 숫자는 갈수록 늘어갔다. 일주일에 두 번씩은 꼭 그렇게 우체국에 가서 저금했던 것으로 기억한다.

그 당시에 먹고 살기도 어려운 시대인데 저금까지 할 수 있다는 것은 아버지의 꼼꼼한 계획이 한몫하지 않고는 어려운 일이었다. 그런 아버지의 저축 정신으로 육남매 중 삼남매는 졸업식 때 저축상을 모두 받았다. 녁

넉하지 않았던 가정에서 자랐지만, 저녁마다 가계부를 붙들고 숫자를 맞추는 아버지의 모습이 고스란히 나에게 교육으로 스며들었던 것이 아닐까 생각한다. 말로 하는 교육도 중요하지만, 은연중에 보고 배우는 것이 참교육이 되기도 한다.

나의 신혼 생활은 넉넉하지 못했다. 아니 넉넉하다는 표현은 어울리지 않는 다들 어려운 시대였지만 나의 결혼 생활은 특히 더 어려웠다. 중매로 만난 남편의 집에서는 결혼하면은 오백만원 하는 방 한 칸을 전세로 얻어주겠노라는 말을 2년이나 미루는 바람에 남편이 받는 월급의 반을 방세로 내야 했다. 그리고 남는 반으로 시댁·친정 경조사 참석하고 나면 아예 돈이 없었다. 어떤 달은 남편이 만든 카드로 미리 당겨서 빈 곳을 메꾸었기 때문에 생활은 갈수록 힘겨웠다. 돈이 사람의 질을 높이는 것은 아니지만 가끔은 의도치 않게 상처를 입힌다. 그때부터 내 머릿속에는 오직 아껴야 한다는 생각으로 단돈 10원이라도 새어 나가는 곳을 막기 위해 가계부를 더 열심히 적었다.

그런 나를 곁에서 지켜보던 남편은 너무 돈에 집착하지 말라고 불만을 표출하는 바람에 간혹 언쟁을 하기도 했지만 나는 전혀 개의치 않았다. 그렇게 해서 결혼 6년 만에 부천에 들어서는 신도시에 24평 아파트를 분양받았다. 다행스럽게 그것이 밑천이 되어 주어서 차츰 더 넓은 평수로 옮겨갔다.

가계부의 권수가 쌓여가면서 보관하는 것도 고민의 하나였지만 38년 동안 함께한 우리 가정의 역사책이라고 생각하면서 책꽂이 한 켠에 꽂아 놓고 틈틈이 펼쳐보곤 한다.

아마도 나는 죽는 날까지 밤마다 가계부를 정리하는 것으로 하루를 마감할 것 같다.

요즘에는 아이들이 장성해서 지출이 줄어드는 바람에 가계부에 적을 목록이 없어서 한 번씩 미루어 쓰기도 한다. 그럴 때는 가계부 대신 일기장을 펼쳐놓고 오늘은 지출이 없어서 좋다고 굵은 펜으로 쓴다. 그리고 가계부 쓰는 일이 심적으로 많이 부담되었구나 생각하면서 혼자서 조용히 웃기도 한다.

38년을 쓴다는 것이 이론처럼 단순한 일은 아니다. 인내라고는 하나도 없는 내가 이 어려운 일을 해내고 있다는 사실에 나도 놀라는 중이다.

이사를 할 때마다 이삿짐을 옮기러 온 사장님이 '세상에 이런 일이'라는 프로에 신청해 보라는 우스갯소리를 해서 기분이 우쭐한 적도 몇 번 있었다.

그래도 우리 딸은 엄마 팔자를 닮지 않아서 참 다행스럽다. 나는 내가 어쩔 수 없는 환경 때문이기도 했고 원해서 썼지만, 딸은 편하게 살기를 원한다.

아버지에 대한 추억을 하나 더 상기시켜보려고 한다.

결혼식을 마치고 신혼여행에서 돌아와 친정에 인사를 갔었다. 그때 아버지께서 나에게 하얀 봉투에 돈 30만 원을 넣어서 주시면서 해주시던 말씀이 돌아가신 지 30년이 되었어도 생생하게 귓전에 울린다.

"없는 집으로 시집가지만 너 하기에 달렸으니 절약하며 살아라."

아버지가 나에게 남기신 그 말씀은 나의 마지막 유산이 되어서 지금까지 나에게 힘을 보태 주고 있다.

지금은 돈에 대한 집착에서 벗어났는데도 몸에 밴 습관 때문인지 아직도 놓지를 못하고 가계부를 쓴다.

예전에는 과일을 사도 일부러 한쪽이 상한 것을 골라서 저렴하게 구매했다면 이제는 좋은 과일 맛있는 음식을 골라 먹는 특권을 누리면서 살고 있다. 나이를 먹는다는 것은 그래서 좋다.

평생을 살아오면서 누리지 못한 호사, 지금 내 맘대로 좋은 물건을 선택할 수 있는 것은 잘 살아온 삶에 대한 권리라는 생각으로 받아들인다. 절대 가난의 시대에 풍요롭지 못한 환경에서 자란 내 삶이 지금 보상받는다고 생각하면 그동안 악착같이 살았던 시간에 큰 위로가 된다.

조 정 신

2004년 〈문예사조〉 시 등단
전 서신중학교 사서
현 화성시립작은도서관 사서
공저 『하얀 그리움』 외, 동인지 다수
화성 서정문학회 회원

신호등 앞에는

새파란 산책길을 멈추고
잠시 숨을 고르기 위해 들어 선 카페
확 트인 유리창 너머 늘어선 가로수가
연두에서 진녹색으로 탈바꿈하며
또 다른 꿈을 매달고 있네

창밖에 반소매 옷을 입고 잔뜩 움츠린 젊은이
얇은 패딩 걸치고 비닐봉지 여러 개 손에 든 여인
늘어진 백팩 짊어지고 깔깔 웃는 학생들
한 발 내딛기 위한 횡단보도 대기선
기다리면 파란불이 켜지는 당연한 자리에
긴 머리 흩날리며 서 있고 싶네

힐링이란 이름으로 축 늘어뜨린 어깻죽지
날지도 못하는 날개를 달고 삐거덕거리다
흩날리는 꽃가루까지 눈을 쑤석거리니
시끄러운 머리 털어내고 벌떡 일어나
아스팔트 위를 마구 달리고 싶은 날이네

안부

핵폭탄을 맞은 듯한 뜨거운 열기가
여름을 바싹 태우고 떠나간 자리
지쳐버린 낯빛을 어루만지는 가을 문턱
붉게 물든 하늘 아래 둥실둥실 떠오르는
물음표 걸린 동그란 얼굴 하나

까맣게 잊고 있던 궁금증이 문득
메마른 땅 위에 불어오는 훈풍처럼
부드럽게 다가서더니
흘러온 시간만큼 차곡차곡 쌓여있던
새까만 대화창이 좌르르 열리며
어떻게 살았는지 누구를 만났는지
마구 수다를 떨고 성의껏 듣고 싶네

지켜지지 않은 약속은 모른척하고
이제껏 버텨낸 삶을 응원 받으며
꾹꾹 눌러놓은 서러움을 풀어내고 싶네
난 겨우 그냥 그런데 그대는
안녕하신가요!

소풍정원에 눕다

그날은 휴일을 핑계 삼아
눕고 싶다는 몸을 기어코 일으켜
가 볼 만한 곳을 검색해
마구 달리고 있었다

티끌 없는 하늘과 어우러진 소풍정원 한쪽에서
흘러나오는 버스킹의 색소폰 소리
'위스키 온 더 락' 과 '원더풀 투나잇'
한낮의 햇살을 뚫고 버들가지를 집적대더니
몸 속에 숨어 있던 흥을 하나씩 끄집어냈고
고개를 까딱이며 흔드는 몸짓과 어울려
붙들고 있던 씁쓸한 기억들을 데려와
한바탕 들썩이는 마당놀이처럼 흥청거리다
제 풀에 지쳐 어설프게 쓰러졌다

끝없는 미련을 떨치고 돌아서는 발자국 따라
뒤늦게 알아 챈 긍정의 마무리는
오랫동안 발목을 잡던 일들 풀어주고 사라지는
시원한 일탈로 이끌고 있었다

엄마, 저 좀

그해 9월 초쯤
어지럼증이 도진다고
병원으로 걸어가신 엄마는
간성혼수와 급성 간경화라는
이름표에 이리저리 치이다
두 달을 채 넘기지 못하고
한 줌의 재로 스러지셨네

세상이 다 끝난 듯 너덜거리던 속내는
한 해 두 해를 넘기며 점점 무디어져 가고
당연한 듯 보통의 하루하루를 치워내다
내 울타리 단속이 버거워 당신을 찾네

병마와 싸우다 마지못해 손 놓으시던
그 모습에라도 기대려고
큰 녀석의 불투명한 미래를
작은 녀석의 셈 없는 까칠함을
이쁜 딸의 투명한 꽃길을
끝없는 이기심으로 부담을 얹어
속절없이 읊조리네
도와주세요 엄마 저 좀

벚꽃 벤치
-서신중학교에서

정다운 창조관 옆 벚나무 아래
화사하게 누워있는 나무 의자
날아드는 참새 안부 반겨주며
깔깔대는 우리 수다에 귀 기울이네

예순 넘긴 시원한 바람길에는
한때 주인공이던 그들의 함성이
스쳐 간 자리마다 꼼꼼히 채워져
우당탕대는 우리 마음 쓰다듬어 주네

종소리와 함께 솔솔 풍겨 나오는
맛깔스러운 한 끼는
수도꼭지 틀어막고 물 뿌리며 장난치다
물배 채우고 돌아서던 그들을 기억하네

추억이 차곡차곡 쌓여가는 날
말다툼하던 우리 사이 손잡아 주고
실타래처럼 엉킨 생각 싹 풀어주며
하얀 꽃잎으로 뒤덮여
환하게 웃고 있네

124

잠을 설치다

소스라치게 놀라며 번쩍 떠진 눈
언제부턴가 시작 된
네 시 십오 분의 어둠속을 뚫고
날카로운 시선이
등날 속 깊이 스며들고
동트지 않은 뒤숭숭한 하늘은
가늠하기 어려운 숫자만 빙빙 돌린다

머릿속을 두드리는 경종에
점점 시들어가는 피부결 따라
사라지고 잘려 나가는 기억들과
뒤틀린 손가락 관절들의 흔적은
미처 준비시키지 않은 가슴에
굵은 생채기만 뿌려댄다

배롱나무 끄트머리 추파를 던지던
퍽퍽한 눈에 인공눈물 떨어뜨리고
별일 아닌 듯 살갑게 심통부리는 밤
해마다 오는 회갑의 시작점에서
지금 나는 어설프게 웃는다

거울 앞에서

'눈 좀 크게 떠 봐 봐'
나도 크게 뜨고 싶다고
큰 눈 작게 뜨긴 쉬워도
작은 눈 크게 뜨는 게 얼마나 힘든지
알기나 해 알기나 하냐구
화딱지 나는 건
작아도 볼 건 다 본다는 거지
다 보인다구 그것도 더 넓고 더 크게
그런데 왜 자꾸 떠보라는 거야
안경까지 써서 더 잘 보인다구

나 또 거울 보고 있다
눈두덩도 부어올라 작기는 작네
이제 와 얘기지만
그래서 짝꿍은 눈 큰 거만 봤지
그렇다니까 눈 하나만 봤어
다른 건 아무것도 안 봤다구
쌍꺼풀 진한 눈만 쳐다보면
안 먹어도 배부르고 정말 좋았다니까

강산은 쉽고도 어렵게 변하더군
때로는 빠르게 종종 답답하게
거 봐 눈 큰 게 다였어
세상을 작게 보는 거야
실눈인 나도 보는 걸
그 큰 눈은 안 보더라는 거지
크게 떠 보라구!
됐어 이제 눈 얘기 그만하자

지금은 저항의 시대

불고기 양념장에 잴 때
간장 넷 설탕 셋 마늘 하나가
환상의 비율이라는 소식을
한 귀로 흘려듣고
소금 간은 몇 십 년의 손맛과
매실청으로 콸콸 마무리

두 귀 다 막고 무리수 둔 똥고집으로
실눈 크게 뜨고 살고 있어요
넘쳐나는 지식의 홍수에서
내 것 찾아내는 유려한 재치가
필요한 때를 뒤로 흘리고
꾸역꾸역 왔던 길로 되풀이하고요

취할 건 취하고 버릴 건 버리라는
소리 없는 아우성을 몽땅 외면하고
가진 적 없는 평안을 찾아
엉뚱한 곳만 뒤적이고 있어요

꽁꽁 언 발을 녹이며

올겨울은 여느 해보다 센 강추위가 올 거라는 뉴스를 앞세워 새로 장만한 방한 부츠를 챙겨 신고 흰 눈이 곱게 쌓인 마당으로 내려선다. 대문 앞에 자리 잡은 텃밭은 김장용 배추를 도려낸 밭고랑 위로 하얀 솜이불들이 구불대며 푸근하게 덮여있고 낭창하게 휘어진 대나무 가지 위로 켜켜이 쌓인 눈들이 아슬아슬하게 걸쳐져 하늘거리고 있다. 햇빛에 반사되어 온통 눈부신 풍경들을 바라보며 한껏 목소리를 부드럽게 깔고 말을 건넨다.

'안녕~ 이렇게 멋지고 예쁜 세상을 만들어 주다니 정말 고마워!'

기분 좋은 인사를 마친 후 긴 대 빗자루를 단단히 움켜쥐고 얕은 언덕배기에 쌓인 눈길을 쓸어 준다. 눈이 시리게 아름다운 정경을 오래도록 감상하고 싶지만 잠시라도 내버려 두면 발에 밟히거나 햇살에 녹아 빙판길로 변해버린다. 사나운 빗질에도 꿈쩍하지 않는 난감한 사태가 일어나기 전에 부지런히 팔을 휘두르며 길을 만들어 나간다. 헉헉대는 숨을 고르며 허리를 펴고 뒤돌아 보니 양쪽 옆으로 가지런하게 쓸린 길이 수줍게 웃고 있다. 가족들의 안전한 발걸음을 생각하며 흐뭇하게 바라보고 마당 한쪽에 자리 잡은 백구의 집 지붕도 말끔하게 치워준다. 꽁꽁 언 발을 녹이려 동동거리며 집 안으로 들어오니 옛집의 시커멓게 탄 방구들이 생각난다.

북풍한설 휘몰아치는 겨울이면 굵은 참나무 장작을 넣고 쇠죽을 쑤던 가마솥 향기와 뜨겁게 타오르는 불꽃 덕분에 건넌방에는 항상 밍크 담요가 깔려있었다. 썰매 타고 돌아온 날이면 새카만 아랫목에 곱은 손과 발을 집어넣고 시시덕대던 기억을 툭툭 털어내고 뜨거운 온수를 퍼부어 온몸을 녹여준다. 찬바람에 얼어붙은 몸이 스르르 풀어져 상쾌한 마음으로 창밖을 바라보니

'헉'

힘들여 만들어 낸 길 위로 또다시 흰 눈이 소복소복 쌓이고 있다. 스멀스멀 올라오는 심술궂은 불만을 털어내고 긍정의 에너지 파장으로 가득 채우며 평화로운 일상이 시작되는 날이다.

소양호를 가로질러 청평사에 오르다

한 달 전부터 계획한 올여름 휴가는 가 본 지 40여 년 된 강원도 오봉산 자락에 위치한 청평사 여행이었다. 그 당시 이용했던 경춘선 열차는 젊은이들의 낭만적인 데이트 코스의 대명사였고 대성리, 청평, 강촌을 끼고 북한강변을 달리는 열차 안에서 통기타를 둘러멘 젊은이들이 삼삼오오 모여앉아 노래를 부르며 아름다운 청춘을 만끽하던 장소였다. 종착역인 춘천역에서 내려 시내버스를 타고 소양강댐에 오르던 희미한 기억을 새록새록 떠올리며 자가용을 몰고 소양강댐 주차장에 도착했다.

1973년 10월에 완공된 소양강댐은 당시 동양 최대의 사력댐으로 우리나라 경제성장의 마중물 역할을 했다는 평가를 받았고 올해가 마침 건설 50주년이 되는 해였다. 댐 건설로 인해 삶의 터전을 잃게 된 수몰지역 실향민이었던 사회 친구의 근황이 새삼스럽게 궁금해지는 마음을 꿀꺽 삼키고 소양호 선착장에서 배표를 끊어 여객선에 오른다.

시끄러운 엔진 소음에 얼굴 찡그리며 호수를 바라보

니 짙은 녹색을 머금은 오묘한 호수 빛이 커다란 울림을 보내고 있다. 십여 분 지나 도착한 청평사 관광단지 입구 선착장에는 휴일임에도 사람들로 붐비지 않아 상쾌했고 자전거를 싣고 온 한 무리의 동호회 회원들을 따라 발걸음을 내디뎠다. 등산로 입구에 놓인 출렁다리를 건너 음식점과 카페 그리고 기념품점을 지나면 청평사에 오르는 계곡길이 시작된다.

키가 큰 나무들이 그늘을 만들어 시원한 터널 길을 열었고 바로 옆에 흐르는 물소리와 계곡의 풍광이 즐거움을 더욱 부채질하고 있다. 한참을 걸으니 계곡물로 들어갈 수 있는 곳이 나오고 원나라 공주와 상사뱀의 이야기가 얽힌 전설의 공주 동상과 거북바위가 반겨준다. 동상 앞에서 기념사진도 찍고 공주 굴에 대한 사연을 읽어 보며 '전생에 혹시?'하는 엉뚱한 상상을 해 본다.

어제 내린 비로 풍성해진 계곡물은 우렁찬 폭포소리를 내며 발길을 잡았고 바위 절벽에서 떨어지는 폭포수가 아홉 가지 소리를 내어 구송폭포라는 이름이 붙여졌다고 한다. 영지로 불리는 네모난 연못가에 놓인 돌 의자에 앉아 맑은 새소리와 청량한 물소리를 들으며 공기를 크게 들이켜니 머릿속이 '팡' 하고 터지는 시원함이 단숨에 밀려든다.

숨이 가빠 올 즈음 드디어 천년고찰의 지붕 위로 높은 산봉우리가 올려다 보인다. 입구에 만들어진 약수터에서 한 바가지 물을 마시고 안내문에 적힌 청평사의 유래를 훑어본다. 서기 973년 창건된 청평사는 범종각과 회전문, 그리고 전각들이 줄줄이 이어져 주변의 아름다운 자연지형과 함께 고즈넉이 자리하고 있다. 천천히 둘러보면서 경건해지는 마음과 차분해지는 느낌이 좋았고 가족의 평안과 안녕을 기원하며 정성껏 먹빛 기와에 글을 새겼다.

아쉬움을 남긴 채 발길을 돌려 계곡 길을 내려와 눈여겨봐 두었던 식당의 야외 좌석에 앉아 산나물이 푸짐한 산채비빔밥을 뚝딱 해치웠다. 가볍게 바람이나 쐬고 오려던 짧은 여행길에서 모처럼 가슴 뛰는 설렘을 찾았고 다시 시작하는 갑자를 향해 힘찬 응원의 박수를 보내며 한 아름 선물 받은 하루를 유쾌하게 닫는다.

홍 기 옥

충북 음성군 감곡 출생
공주교육대학 졸업
아주대 교육대학원 국어교육과 졸업
2004년 〈아동문예〉 동시 부문 등단
동시집 『웃음꽃』이 있다.
화성 서정문학회 회원
한국문인협회 회원
E-Mail : wecandoit2@hanmail.net

중고그릇 매장에서

검게 그을린 고깃집 철판에
덕지덕지 달라 붙어있는 설움들
손때 묻은 접시들이 나뒹군다

강제퇴직 당하고 나서
용기 내어 차렸던 삼겹살집도
IMF로 망해버린 부대찌개집도
조류독감으로 문 닫은 삼계탕집도

엎친 데 덮쳐
코로나 전염병 앞에
엎어진 인생들의
온갖 설움을 담고 널브러져 있다

변변히 배우지도 못하고
물려받은 재산 한 푼 없이
그저 그저 살아온 인생
늘그막에 얻은 아들놈
장가갈 때 전셋값이라도 마련해 줄까
중고그릇 매장에서
설움을 들춰내고 있다

소확행

산딸기 따 먹으며
노란 주전자 들고 산 넘고 넘어 다슬기
잡으러 가던
어린 시절 추억도 소환하고

비 그치고 나면
뒷산에서 따온 버섯으로
고추장 풀어 끓여 주시던 엄마 이야기로
눈물을 훔치며
쑥, 취나물,
고추잎나물, 장죽나물도 뜯다 보면
야호! 야호!
223.8미터 태봉산 정상

산 정상에 매어 놓은 그네에 올라
힘껏 발을 구르면
훠이훠이 푸르른 세상
퇴직 후에 세 자매의 작은 행복.

부부

쌍화차 한 잔 시켜놓고
몇 시간씩
책 이야기, 학생들 가르치는 이야기로
가난도 두렵지 않던 대학생 시절에 만나

아들딸 낳아 잘 기르고
겨울이면 난로 주전자에 찻물 끓이며
누구나 쉬어 갈 수 있는 작은
도서관을 만들자며
노년의 소박한 꿈꾸었던 우리

내가 울면 같이 울고
내가 웃으면 같이 웃고
내가 아프면 더 아파하던 당신
새벽부터 잠들 때까지
비가 오나, 눈이 오나
오직 서로에게 맞춰진 주파수

때로는
주파수가 맞지 않아

삐비빅거릴 때도 있었지만

검은 머리 파뿌리 되도록 함께하겠다고
하객 앞에 했던 약속 다짐하며
서로에게 서로를 내어주며 일군
작은 텃밭을 갈무리하고 있다

그리운 아버지

목련꽃
흐드러지게 피어나던 날

봄바람 타고
꽃바람 타고
떠나신 우리 아버지

목련꽃 피는 봄날이면
봄바람 타고
꽃바람 타고
봄 향기 꽃 향기로
다시 오실까

오늘 하루도

스멀스멀 저녁 어스름이 창밖에 내려앉듯이
누군가 어른들의 행복은 조용하다 말했던가?

오늘 하루도
커튼 사이로 찬란히 스며드는 해님을 볼 수 있어서,
닭장에서 들려오는 꼬끼오 목청소리를 들을 수 있어서,
창가에 앉아 시집을 넘기며 진한 커피 한 잔,
내 곁에 누워 그렁그렁 야옹이 토토도 행복 소리 들
으며,

하늘의 별을 따올 패기는 없어도
모두가 잠든 새벽 주님 앞에 나아가
사랑하는 사람들을 위해 두 손 모아 기도할 수 있음에
아픈 곳 없이 가족과 통화할 수 있는 하루,
아무 일도 없이 지나간
이 조용한 하루들은 외로움이 아니라 행복이다.

엄마의 시간표

내 남편
내 새끼들로 꽉 찬 내 시간표엔
엄마는 없었습니다

내 새끼 대학 보내고
내 새끼 시집장가 보내고서야
울 엄마 야윈 어깨
굴곡진 주름이 보이던 날
시간표 한 칸 비워
엄마 손잡고 온천이라도 다녀와야지 생각했는데

스무 살에 시집 와
칠남매 굶을까 이고지고 아등바등
자식들 공부 못 시킨 게 늘 한이셨던 엄마
나 교감되었다고 좋아하시며
선생님들과 함께 맛보라고
이른 새벽 찻길까지 이고 오셔 전해주셨던
노란 호박죽

급성백혈병으로 입원하시던 그날도

자식 좋아하는 고수 뜯어 놓으시던 엄마

천국 가시던 그 순간까지도

엄마 시간표엔 오직 칠남매 뿐.

힘내요, 기옥 씨!

음파! 음파! 음파! 음파!
1번 발차기, 2번 발차기, 3번 발차기

자유영, 배영, 평영, 접영
육십 평생 처음 배워보는 수영

1.2미터밖에 안 되는 물에서도
엄마 가슴에 매달린 갓난아기처럼
킥보드에 대롱대롱 매달린다

사십일 년 아이 가르치는 일만 하다가
퇴직 후 시작한 첫 배움의 길

날마다 허우적대다가
입, 코로 한 달 넘게 먹은 물이
한 동이는 될 거다
수영 초급반에서 꼴찌 중 꼴찌다

육십 넘어 첫 걸음마에
아자! 아자, 아자!

딸아이의 응원소리
으라차차! 힘내요, 기옥 씨!

충전기

갑자기 추위가 찾아왔다
움츠린 몸으로 서둘러 출근길 시동을 건다
자동차가 꿈쩍도 하지 않는다
결국 1588로 SOS쳤다

다음날에도 또다시 차가 먹통이 되었다
발을 동동 구르며
결국 1588 콜센터 급히 불러
오래된 밧데리를 교체하니 부릉부릉

경옥고, 홍삼, 오메가3
비타민C, 비타민B, 마그네슘
수시로 방전이 되는 몸
한 움큼씩 보약을 털어 넣어보지만
좀처럼 시동이 걸리지 않는다

꽂기만 하면
충전 완료되는
내 몸에 꼭 맞는 충전기 어디 없을까?

어느 봄밤

쉬이 잠이 올 것 같지 않다
술 취한 듯 가슴이 벌렁거린다

산처럼 쌓였던 눈물이
꽃잎처럼 쏟아져 내린다

흐드러지게 핀 벚꽃이
꼭꼭 싸매왔던 내 가슴을 열어 제친다

지도에도 없는 땅
좁은 길, 험한 산길을 넘고 넘어

버릴 수 없어
견딜 수 없어 걸어왔던
육십 년 세월

오직 엄마 옷자락 붙잡고
엄마라는 끈 하나에 자식들을 매달고
살아 온 날들이 파노라마처럼 펼쳐진다
봄밤 꽃바람 따라
환희의 눈물 되어 흩날린다.

애견 카페에서

내가 다니던 어린이집이 문 닫고
그 자리에 24시 편의점이 생겼다
친구들과 미끄럼 타고
모래놀이 하던 추억들만
그 편의점 창가에 아스라이 걸려 있다

엄마가 다니시던 초등학교에
백군 이겨라 청군 이겨라 함성소리는
깨어진 창문만 흔들 뿐
운동장엔 잡초가 무성하다

아들딸 구별 말고 둘만 낳아 잘 기르자던
표어가 무색하게
유명 해외 브랜드 유모차에선
왈왈 강아지가 짖어대고
공원마다 재롱부리는 강아지 천국이요
카페마다 멍멍이 세상이다.

윤 보 영

한국열린사이버대학교(겸임교원)

2009년 〈대전일보〉 신춘문예 당선

2018년 〈홍조근정훈장〉 등 수상

시선집 『수국 이야기』 외 다수

어쩌면 좋지

자다가 눈을 떴어
방안에 온통 네 생각만 떠다녀
생각을 내보내려고 창문을 열었어
그런데
창문 밖에 있던 네 생각들이
오히려 밀고 들어오는 거야
어쩌면 좋지

일생에 한 번 피는 꽃

일생에 한 번 피는
꽃이라 해도
나는 지금 꽃을 피우지 않겠네

그리워하다
그리워하다
그대도 그립다며 마음을 열면
꽃이 되어 가슴에 꽂히기 위해.

들꽃

하늘에서 내려다본 바다에
들꽃을 그렸더니
그 꽃 속에 당신이 있군요
한 줌 꺾어
내 가슴에 꽂았습니다.

늘 가까이 두고 싶어서.

참 좋은 아침

그대 그리움이 날 깨운
참 좋은 아침입니다.

그대 생각이
내 하루를 마중 나온
참 좋은 아침입니다.

그대 미소 한 자락이
햇살처럼 내 안을 밝히는
참 좋은 아침입니다.

그대로 인해
내가 행복하다는 것을 깨닫는
참 좋은 아침입니다.

네 얼굴처럼

커피잔에 꽃등이 피어난다

벚꽃이 피고
어제 본 목련도 피고

개나리와 진달래
제비꽃도 피었다.

손에 손을 잡고
마치 네 얼굴처럼 피었다.

환한 미소로
봄을 밝히는
너라는 꽃!

이 도 훈

2015년 월간 〈시와표현〉 등단
2020년 〈한라일보〉 신춘문예 시 부문 당선
〈온새미로〉, 〈육성〉 동인
문학매거진 〈시마〉 발행인
시집 『맑은 날을 매다』 『봄날은 십 분 늦은 무늬를 갖고 있다』

좌대

이처럼 심심한 곳도 없지만
이처럼 긴박한 곳도 없을 것이다
저만치 던져진 물음표 하나에
묶여있는 꼴이랄까

한낮엔 신기루 같은 찌를 바라보다가
밤이 오면 몇 개의 별들만 빛나는
어느 은하를 앞에 펼쳐둔다

손끝에서 풍기는 비릿한 고민쯤은 저기
물속 물음표 끝
꼬물거리는 미끼에 달아 놓고
물 밖으로 반 뼘쯤 되는 소식이나 기다릴 일이다

모호스 부호처럼 깜박거리는 별들은
무슨 이야기를 저렇게 하고 있는 걸까

좁은 의자에서 풍기는 안락함이다

내겐 아직 믿는 길이 있고

제 몸을 휘는 활대 같은 탄력도 있다
그러니 좌대에선
절망 따위를 생각하지 말자

소는 빨간 신호등을 보지 못한다

소 반 마리를 차 대시보드 위에 올렸다.

작업하고 남은 반장半張
창고 구석에 웅크리고 있던 아이
끄집어내 양지바른 곳에 올렸더니,
막 자른 풀냄새가 났다.

가죽 뒷면에 있던 번호를 떼어내
잘 보이는 곳에 붙였다
푸른 들판을 뛰어다녔다는 캐나다 소의 번호는
090

가죽 테두리를 자를 때마다
사사삭, 아이가 운다
시동을 걸면 차는 들판으로 뛰어가는데,
달릴 때마다 들리는
육중한 발굽소리
뜨거운 햇볕에 타들어가는 살 냄새

소는 빨간 신호등을 보지 못한다.

차를 멈출 때마다
고삐를 쥔 손에서 땀이 났다.
구두 밑창에 덧댄 발굽에서
한 움큼 흙이 떨어진다

비가 오는 밤이면
나의 가죽 한쪽을 떼어
그 위를 덮어주었다.

스크램블

계란후라이는 이제 스크램블
하트 모양이나 동그란 모양은
필요 없어.
노른자를 가운데 두려고 애쓰거나
터뜨리지 않으려고 조심할 필요도 없고
화풀이하듯 성질부리듯
마구마구 휘저을 거야.

소금도 고르게 뿌릴 필요 없지
한숨 넣고는
또 휘젓는 거야
첫사랑 이름으로 휘젓고
집 나간 시백(진돗개)이 이름으로도 휘젓고

노른자는 다 알고 있었어
둥글게 부풀어 오른 분노가
지글지글 끓어오르는데
째깍째깍 울리는 타이머 소리

너무 조심조심 살아왔어

동그랄 필요도 없었는데
동그란 프라이팬에선
동그랗게 살아가야 하는 줄만 알았어

살아갈수록 자꾸 모가 나고
삐딱해지는 게
꼭 스크램블 같아
내 이름을 쓰고
또 휘저어버렸어.

이 용 환

1960년 전북 남원 출생
2003년 9월 계간 〈좋은사람〉에서 시 등단
2003년 11월 월간 〈문학세계〉에서 수필 등단
시집 『강과 백지의 세월』, 『등뼈』, 『어머니 경전』, 『말린 꽃』
수필집 『몽생기』가 있다.
시산작가회 회원. 화성 서정문학회 특별회원
dalcho@naver.com

커피 중독

일생일사라고! 나면 죽기 마련이니 우리 먹고나 살자.

먹고나 죽자가 아니라 먹고나 살자.

좋아하는 커피 끓여다 줄텡게

니가 쓴 내 글 좀 읽어다오.

사람이 한 백년 사는 것도 아니고 말이야, 나도 커피 중독 다 됐구나.

어머이, 커피 두 잔 또 타 오신다.

어깨 위에 탄 노인

근자에 더러 왜 신밧드 되어 꿈에서 노니는지.

쭈글쭈글한 노인이, 갈비뼈 우둘투둘한 노인이, 뱃가죽이 등가죽에 붙은 노인이, 팔다리는 나뭇가지 같은 노인이, 내 어깨 위에 타고 있다.

노인이 어찌나 힘이 좋은지, 눈빛은 또 왜 그리 형형한지, 한 손으론 병나발 불고 또 한 손으로는 내 귀를 잡아당기며
"이랴, 이랴, 어서 가자, 어서 가자."
두 다리가 내 가슴을 휘감고 두 팔로는 내 목을 조르면서 이리저리 가라고 조종하네.

퇴물, 괴물, 주정뱅이, 중독자
기어이 강물 속으로 걸어 들어가는 저 미친
신밧드의 어깨 위에 탄 노인

허기

컨디션이 수상쩍어

아침도 거르고 점심도 먹지 않았더니 점차 허기가
찾아온다

외롭고 쓸쓸해지는 그런 느낌이 찾아온다

오후 5시 36분 마침내 혈당치가 102까지 떨어졌다

가장 정상적인 수치다

뭐 좀 먹어볼까?

당뇨인은 결국 참지 못한다

소분해서 냉장해 둔 밥 한 공기 전자렌지에 뎁힌다

수저 하나, 젓가락 한 벌 챙긴다

냉장고에 일용할 양식 가득하다, 손길이 가는 반찬
두 가지 꺼낸다

금홍이 나를 두고 이박삼일 여행을 가도

나 굶어죽진 않겠다

초코파이 정情

아내가 출근하고 없는 사이 식탁에서 초코파이 한
상자를 발견했다
   추운 러시아, 그 나라 사람들도 환장한다는
   한국인의 초코파이 정(情) 아닌가!

   한 개를 먹어 본다
   하나 더 먹어 본다
   허 참, 참아야지 하는데 자꾸만 손이 간다

상자를 자세히 읽어 보니 개당 39g 171kcal다

   이건 죽음의 키스다
   죽음을 먹는 거다
   누군가를 독살하려는 약일지도
   약을 먹고 돌아서 또 독을 먹는다
   허 참, 이 맛난 간식을 보고도 이렇게 가슴을 졸여야
하다니!

   나 반쯤은 죽은 것이 분명하다
   인생 다 살았다

겹겹의 고요

내 집이라는 다양한 사각형 안에
내 방이라는 작은 사각형
내 방이라는 작은 사각형 안에 내 침대라는 더 작은
사각형
한 평 남짓한 사각의 침대에서 나는
삼십오 년 곱하기 삼백육십오 일을 살았다

외출도 않고 숨어서 살았다
침대 밑으로 빠르게 드나드는 저 바퀴벌레는
하늘을 난 적이 있을까?
나는 가만히 듣는 것에 집중한다

늙은 고양이는 야옹야옹 우는 것이 아니고
으아, 으앙, 으허, 으흐흐흑 운다
눈에 뵈지 않는 어딘가에서
이름 모를 새는
삣삣, 삐비빗 엄청나게 큰 소리로 운다

정오 무렵 비행기 한 대가 굉음을 내며 어디론가 사
라졌고

지금 여기 세자로 286 앞길은

온종일 버스, 화물차, 승용차 지나다니는 소리 힘찬
데

사실 말이지만

나는 밖이 그리 궁금하지도 않다

정 진 용

예습 없이 태어나
잘만 살면서
지금은 홀로 제주 복습 중

시집 『여전히 안녕하신지요』,
『버릴 게 없어 버릴 것만 남았다』, 『그럼에도 사랑합니다』
공저 『종달새 문장법』, 『모두가 환한 꽃이다』,
『식은 커피』 등 다수

대나무 전기傳記

죽죽 올라간다.
마디마디는 허공 오르는 비계.

죽죽 올라간다.
내려가는 길 칸칸이 틀어막고
층층 비계 꽝꽝 딛고

죽죽 올라간다.
몇 년 동안 바닥 다졌으니
한 해면 공사 너끈하다.

…… 이젠 바람 따라 산다.
몸피도 늘리지 않는다.

비명碑銘

전라남도 무안 지날 때 객차 안을 둘러봅니다.

이런, 나 혼자입니다.

19시 42분에 수원 떠나는 ITX-새마을호 타고 평택
천안 – 조치원 – 서대전 – 논산 – 익산 – 김제 – 신태인
– 정읍 – 장성 – 광주송정 – 나주 – 함평 지나도록 스마
트폰이 꾀는 대로 놀아나다 23시 30분쯤에 객실 돌아보
니 74개 좌석 가운데 나 혼자인 겁니다. 언제 탔는지도
모르고 언제 내렸는지도 모르는 사람들 다 떠나고 수원
에서 목포까지 왔다는 사실만 나와 함께 덩그러니 남은
겁니다. 남은 길 또한 이와 다르지 않을 테니

훗날에 내 비명碑銘 세운다면

생졸生卒 숫자만 있어도 그만이지 싶은 순간입니다.

전화

1. 겨우살이

친구한테 전화한다. 녀석이 묻는다. "왜?"
"그냥……"

녀석이 되묻는다. "나 보고 싶지 않았냐?"
"응, 네가 나를 생각한 만큼……"

2. 단절

사람 기척은 한밤 해안처럼 깜깜하다.
마음 오가지 않으니 길 뚝, 끊겼다.

어떤 기별도 전혀 궁금하지 않다.
마음 없으니 옛길 싹둑, 잘린 지 오래.

3. 적막강산

전화번호 꼼꼼 들여다보지만
목소리 만나고 싶은 사람 없다.

일 년 내내 침묵 정진하던 전화번호
연말마다 방생했는데 이젠 그 짓도 부질없다.

4. 안부

친구가 내놓는 고명 같은 수다 없어도
꾸깃꾸깃 망각 속에서 잘만 산다.

삭제 버튼 누르면 그만인 숫자들
한 번쯤 휴대전화 분실하고도 싶다.

극빈極貧 눈물

또르르 또르르 귀뚜리 노래는
바다 바라보는 내내 배경으로 머물렀고
또르르 또르르 방울벌레 울음은
귀갓길 그림자로 집까지 따라왔습니다.

또르르 또르르 호곡 달아걸고 눈꺼풀도 잠갔지만
열대야 견디다 못해 창문 열었을 때
귀뚜리 방울벌레 철써기 쌕쌔기 긴꼬리 떼울음이
우르르 우르르 몰려들어 생가슴 멍석말이했는데

밤 하얗도록 풀벌레 난장 맞고 나서야
눈물 한 점 겨우 돋았습니다.
체했던 손가락 다녀온 바늘에 달린 핏방울처럼
겨우겨우……

성묘
– 고사리 무성한 무덤을 보면서

안 와도 된다.

철철이 이 꽃 저 꽃 찾아온단다.
꽃 없으면 바람이라도 찾아온단다.

살아 있을 때 그랬던 것처럼
바쁘면 안 와도 된다.

안 와도 된다.

조 향 순

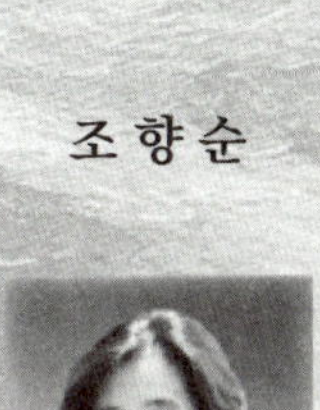

1977년 〈영남일보〉 신춘문예 시 당선

시집 『꿈은 꿈대로』 산문집 『말 붙잡기』 등 다수

김밥, 잘 먹었습니다!

　주로 인터넷 주문으로 해결하고, 또 우편물로 책이
자주 오는 편이라 아예 작은 플라스틱 바구니를 '우편
물함'이라고 명찰을 달아 대문에 고정시켜 달아 놓았다.
그랬더니 마치 기다렸다는 듯 집배원이나 택배기사님
들이 여기다 물건을 제대로 착, 담아놓고 갔다.

　그런데 이 바구니는 집배원이나 택배기사들만 이용
하는 게 아니다. 이웃사람들이나 아는 분들이 지나가면
서 사과나 배를 몇 개씩 넣어두기도 하고, 따뜻한 군고
구마를 넣어두기도 하고, 금방 뽑은 떡가래를 넣어두기
도 하고, 집에서 만든 감주를 담은 페트병을 넣어두기도
하고, 또 어떤 때는 텃밭에서 가꾼 상추나 시금치를 깨
끗이 다듬어서 넣어두기도 했다. 그리고 이들은 물건을
제대로 받았는지 반드시 문자나 전화로 확인을 했고, 나
는 고맙다는 인사를 했다.

　그런데 몇 주일 전 해질 무렵, 한 시간 정도 운동을
하고 배가 고픈지라 서둘러 대문을 열고 들어서다 말고
'우편물함'에 눈길이 갔다. 비닐로 돌돌 감아 싼 도시락
하나가 '우편물함' 바닥에 있는 듯 없는 듯 납작하게 깔

려 있었다. 금방 말은 듯 아직 따뜻한 김밥 몇 줄이 담겨 있었다. 식을까봐 서둘러 금방 갖다놓은 듯 했다. 시장한 김에 우선 몇 개를 집어 먹고 나서는 인사를 하기 위해 그럴듯한 사람들에게 차례차례로 전화를 해보았다.

혹시 오늘, 우리 집에 다녀가셨습니까?

참 신기한 것은 그럴듯한 사람들 모두에게 확인을 해보았지만 그들은 모두 오늘 우리 집에 다녀간 적이 없다는 것이다. 시침을 뗄 이유도 없거니와 이런저런 정황으로 미루어 보아 그들이 아닌 것은 확실했다. 그럴듯한 그들이 모두 아니라면 예상 밖의 누구란 말이 된다. 내가 시장한 때에 딱 맞추어 참기름이 자르르 발린 따뜻한 이 김밥을 두고 간 이 따뜻한 사람은 도대체 누구일까.

예상할 수 없는 사람이라면 전혀 뜻밖의 사람일 수도 있다. 어쩌면 나하고 말 한마디도 나누지 않은 이웃일 것 같기도 했다. 뜻밖에도, 겉으로는 나를 미워하는 듯 시기하는 듯 보였던 사람일 수도 있다. 도대체 누구일까.

그러나 나는 더 이상 알아보지 않기로 작정했다. 더이상 짐작을 할 사람도 없지만, 이 사람 저 사람, 모두가 김밥을 두고 간 따뜻한 '그 사람'으로 보이니까 말이다.

물에 잠긴 분홍

30여 년 전 댐이 만들어지던 날, 마을이 물속으로 사라지던 광경을 어떤 분이 일부러 이야기해 주셨다. 학교와 마을과 골목과 나무가 잠기는데, 유독 눈에 박힌 것은 마지막으로 손 흔들며 물에 잠기는 분홍 복사꽃 한 그루였다는 것이다. 순간 한기가 온몸을 주욱 훑어 내려갔다. 아, 물에 잠기는 분홍이라니!

정말로 기가 턱 막히는 장면이다.

그 분홍 얼마나 슬펐을까. 나는 가요, 나는 가요. 물에 잠기면서 분홍이 마지막으로 하고 싶은 말은 무엇이었을까. 치밀어 오르는 먹먹함에 차마 더 생각할 수가 없어 결국은 지금까지도 그 글을 쓰지 못하고 있다.

어느 정도 감정이 가라앉아 거리가 생겨야만 글로 옮길 수 있는데, 이 장면은 쓰고자 생각만 해도 감정이 후루룩 넘쳐흘러 도무지 쓸 수가 없다. 감정이 너무 격하고 감동이 너무 크면 생각이 놀라 멈추어버린다.

고려 시대의 유명한 문인이었던 김황원이 대동강변의 부벽루에 올라 주변의 아름다운 경관에 도취하였다. 정자에는 이미 다른 사람들의 수많은 글이 벽에 붙어 있었지만 마음에 흡족한 글은 하나도 없었다. 그들의 부족함을 비웃으며 그것들을 모두 떼어버리고, 어디 내가 한번 써보리라! 드디어 그는 붓을 들었다.

그러나 '長城一面溶溶水, 大野東頭點點山(긴 성 한 쪽을 끼고 넓은 물이 질펀하게 흘러가고, 너른 벌 동쪽 가엔, 점점이 산이더라)'에서 생각이 막혔다. 그는 뒤를 잇지 못해서 울며 내려왔다는 일화가 있다. 나는 가끔 이분의 심정이 되곤 한다.

물에 잠긴 분홍뿐만 아니라 수레국화와 양귀비꽃이 어우러져 피어있던 평원의 아름다움, 파르스름한 달빛에 잠겨 있던 옛 마을의 모습, 지나간 얼굴들, 휴일의 적막한 골목 등 숙제가 많이 밀렸다.

글이 제대로 되지 않으면 헛살아온 것 같아 아주 의기소침해진다.

그런데 그저께 은행에 갔다가 벽을 장식하는 큰 액자 속 사진 아래에 소확행(小確幸) 3 '참 많이도 쉰다'가 코팅이 되어 붙어 있는 것을 보았다. 참 고마운 응원이다. 물에 잠긴 분홍을 금방이라도 쓸 수 있을 것 같다.

돌더미

나는 지금 그것을 '돌더미'라고 막 부르고 있다.

더미는 '많은 물건이 한데 모여 쌓인 큰 덩어리'이니 '돌더미'는 그냥 돌이 모여있는 큰 덩어리란 보통명사에 해당하는 말이다. 마땅히 단 하나의 고유명사로 불러드려야 할 그것을 평범한 보통명사로 마구 부르고 있는 것이다.

두 달 전쯤 산북면 소야리 미면사지(米麵寺址) 입구의 무너진 적석탑(積石塔)을 보고 그야말로 정말 아연실색했다. 자연석을 계단식으로 쌓은 방형 적석탑이 있었다는데, 현재 보이는 것은 큰 돌무더기에 불과했다. 이런 탑은 안동과 의성과 일본 오카야마현 쿠마야마 등 세계에서 4기밖에 없는 적석탑이라고 하니 전문가가 아니더라도 그 소중함은 미루어 짐작할 수 있다. 그러나 현장을 보는 순간, 참말로 미안하고 낯 뜨겁고 화나고 슬펐다.

이제는 무너져 돌더미로 남아 있다는 감상(感傷)에서가 아니라, 중장비를 동원한 도굴의 흔적으로 푹 파인 그 모습 때문이었다. 마치 적출 후 꿰매지 못한 사람의 가슴 같아 보여 섬찟하기까지 했다. 1980년대에 한 번, 1990년대에 또 한 번, 도굴을 당한 것이 두 번이라고 한다. 한 번은 몰라도 두 번이나 당했음은 너무 했다.

가정집에서도 도둑이 들면 카메라도 달고 잠금장치도 확인하여 거듭됨을 방지한다. 그럼에도 이것은 무엇이라는 표식이나 접근을 단속하는 줄 하나 없으니 그냥 그대로 버려둔 셈이다. 멀잖아 내력을 알 수 없는 전설 속의 동네 돌더미 하나쯤으로 슬어지게 될 것이다. 도굴한 사람들은 물론이지만, 두 번이나 패인 흔적을 그대로 보고만 있는 사람들도 참말로 무심하고 무정하기 그지없다.

이 일로 하여 며칠 동안 나는 상당히 울적했다.

모든 것들은 세월이 흐르면서 당연히 낡고 빛바래지지만, 그러나 잊히지 않고 싶어 한다. 무너진 탑을 보면, 쌓여있는 돌멩이들은 서로 끌어안고 잊힐까 봐 떨고 있는 것 같다. 이런저런 사정이야 있겠지만 우리가 잊지 않고 있다는 표식으로 우선 작은 안내판 정도라도 세워놓으면 좋겠다는 생각이다.

작은 돌멩이 한 개 같은 우리 역시 지금도 과거로 떨어지고 있는 중, 보잘것없는 우리 따위도 묘비명을 원하지 않는가.

화성 서정문학 연혁

2007.07.07 서정여성문인회 창단

2007.07.07 제1대 회장 수주, 총무 조연희, 임원선출

2007.07.28 화성시 문학리 소재. 노인전문요양원 시낭송 봉사

2007.10.27 문학인 화성문화답사 화성공룡알화석지, 궁평리 해안사구, 용주사, 융건릉

2007.11.10 서정여성문인회 문학기행 −문경 일원

2007.12.08 향남면 주최 "사랑의 연탄나누기 콘서트" 시낭송 봉사 정명희 선생님 −향남읍사무소

2008.09.06~12.30 제1회 시화전 −지상전

2008.11.09 서정여성문인회 문학기행 −청계산, 청계사

2008.12.21 제2대 회장 정명희, 총무 오복순

2009.04.18 문학기행 영흥도(4월에 만나는 여성시인들의 바다 −시를 찾아서)소책자

2009.05.28 시화전, 구봉초교 전시관 (한마음축제 초청작가전)

2009.10.17 《抒情文学》창간호『저 강물에 이는 바람소리』발간기념회 및 시낭송 화성시 라비돌 야외식장

2010.01.16 제3대 회장 정명희 연임, 총무 조정신, 신년회 및 임원 선출

2010.05.01 제13회 한민족문학상 −우수상 김영인

2010.05.29 시화전, 구봉초교 전시관 (한마음축제 초청작가전)

2010.11.20 《抒情文学》제2집 발간기념회

2011.03.15 소설작법 토론 −작가와의 만남

2011.04.02 탄운 이정근 의사 92주기 추모제 참가

2011.04.15 계절 탐색 작가와의 만남

2011.05.15 봄 문학기행 서정문학 가족과 함께

2011.05.25~2011.06.03 봄 안에 시 향기 시화전 (구봉초 다목적실 및 구봉 근린공원)

2011.06.11 제14회 박재삼 문학제 −전국 시인대회 − 박재삼 흉상제막식, 세미나, 선상문학강좌

2011.06.15 정기모임. 보통리 콩밭 −자작시 낭송

2011.11.19 《抒情文学》제3집 발간기념회 및 시낭송 − 호수정원

2012.03.16 정기모임 및 시낭송 – 보통리 다오리

2012.05.02 숲속백일장 참여 –수원 만석공원

2012.05.24 효백일장– 용주사 제20회 정조대왕 효백일장 –수원 서정
　　　　 문학 7집

2012.06.02–06.30 구봉예술제 초청작가 생태시화전

2012.07.03 수원시청 로비– 생태시화전

2012.08.19 작가와의 만남–(인계초교) 남상헌 고문님

2012.08.29 정기모임 – 시낭송

2012.10.13 제1회 화성시 평생 학습 박람회 참석

2012.11.01 《抒情文学》 제4집 발간기념회

2013.02.06 2013년 화성시 우리 동네 예술프로젝트 지원을 위한 회의

2013.07.14 윤보영 시인 '커피 그대가 꽃입니다.' 참석

2013.08.15 아름다운 자연으로 청계산 계곡

2013.07.21~31 수원시청 유명작가 시화전 (정자초)

2013.06.25 문학으로 여름을 연다 6월 정기모임

2013.09.14 제1회 효사랑 백일장 실시

2013.09.19 제2회 화성시 평생학습 박람회 참석

2013.10.12 《抒情文学》 제5집 발간기념회 문학콘서트 (홍사용 문학관)

2014.01.01 갑오년 첫날 삼길포 항에서 새해맞이

2014.01.05 행복나눔 시화전

2014.02.28 문학이 사람을 만듭니다 (2월 월례회)

2014.03.15 서정의 아름다운 인연 (3월 월례회)

2014.07.01 유민 작가 초청 명리학 강의

2014.09.04 시와 영화 사랑 행복 동행 (보통리 도서관 봉사)

2014.09.24 제3회 화성시 평생학습 박람회 참여

2014.12.20 서정문학 회원님들 개인출판기념회 (김영인, 오복순, 김봉
　　　　 희, 이도훈, 이용환)

2014.12.31 서정문학 송년회 (영흥도)

2015.01.01 제3회 문학기행 –영흥도 (4월에 만나는 여성시인들의 바다
　　　　 –시를 찾아서)소책자

2015.02.15 월례회(어바당)

2015.04.15 평생학습동아리역량강화 연수 (탄금대, 문경새재)

2015.05.26 전국순회 시화전

2015.07.18 보통리도서관 다문화어린이 봉사활동

2015.08.16 하린 교수 초청 특강

2015.09.15 제4회 화성시 평생학습 박람회 참여

2015.11.16 전국 유명작가 초청 시화전

2015.11.21 시와 음악이 함께하는 시 낭송회

2016.01.23 제4대 회장 김영인. 총무 오복순, 시무식

2016.02.15 월례회의 신입회원 환영 (김하루, 조연희, 김미옥)

2016.03.16 브니엘 방문 봉사활동

2016.04.01 하길초 개교 기념식 및 시화전 참석

2016.04.15 하린 교수의 "시창작" 강의

2016.05.17 문학기행 (박인환 문학관, 김유정 생가 등 강원도 일대)

2016.05.26 행복나눔 125차 강연회 참석

2016.06.17 활초농원에서 월례회 및 시 낭송

2016.07.12~8.30 팔탄면사무소 시화전

2016.08.09 궁평항에서 개인 시낭송 및 월례회의

2016.12.10 《抒情文学》 제6집 발간기념회 및 시화전 (보통리 호수가)

2017.03.07 2017년 연간계획 논의 (보통리 호수가)

2017.04.13 커피시인 윤보영 시인 특강 (보통리 호수가)

2017.07.08 브니엘 사랑의 집 봉사활동 및 궁평 낙조

2017.10.10 봉담호수 공원에서 시화전

2017.10.16~20 영통엠파이어 빌딩 시화전

2017.10.21~11.30 하길초등학교 시화전

2017.12.11. 임원선거선출(기천리 맛집)

2017.12.13. 서정문학 송년회

2018.01.01 제5대 회장 홍기옥, 부회장 김미옥, 총무 조연희 선출(기천
리 맛집)

2018.01.09 2018년 연간계획 논의 (봉담추어탕)

2018.01.30 신입회원 김희순님 환영회

2018.03.21 학부모 교육과정 설명회 축하공연(하길초등학교)

2018.04.10 월례회(향남코다리)

2018.06.10 조경선 시인 특강

2018.07.21 조경선 시인 칠현산방 나들이

2018.08.14~15 거제도 및 박경리문학관, 청마유치환기념관 관람

2018.09.11 활초농원에서 시화전 및 출판기념회 계획

2018.10.27 《抒情文学》 제7집 출판기념회 및 시화전

2018.10.29~11.30 어린이들과 함께하는 시화전(하길초등학교)

2018.12.11 서정문학 송년회

2019.01.15 서정과 함께 국악열차 여행 (무주 덕유산 향적봉, 충북 영동 와인터널을 가다)

2019.03.16 섬진강 매화마을 및 전주 한옥마을 "최명희 문학관" 방문

2019.04.10 4월 월례회 기천 맛집에서. 신규회원 김수민님.

2019.08.20 동굴의 아픈 역사가 기록된 폐광의 기적 "광명동굴" 을 가다

2019.10.21 오산 김수민님 "솔향" 개업

2019.11.02 삼미초교에서 서정문학 가을 시화전

2019.12.27~28 서정 송년회 1박2일 (보령 겨울바다, 보령문학관, 보령 개화예술원 방문)

2020.01.13 서정문학회 연간계획 논의(후박님 댁에서) 코로나로 2개월 에 한번 정기모임 결정

2020.03.09 서정문학회 월례모임

2020.05.11 서정문학회 월례모임

2020.07.31 서정문학회 문학기행(칠갑산)

2020.09.14 음악과 함께하는 가을시화전

2020.09.27 서정모임(코로나19로 인해 9개월 만에 만남~서정문학 8집 에 대해 논의)

2020.11.09 서정문학회 모임

2021.08.31. 서정모임(남상헌 고문님댁 야외 카페에서 서정문학 8집 계획)

2021.12.14 《抒情文学》 제8집 『가을볕을 솜틀하다』 발간

2021.12.14 송년회

2022.01.01 제6대 회장 김미옥, 총무 김희순

2022.04.18 서정문학회 모임(보통리 오병이어, 코로나 기간 방역수칙 완화)

2022.05.21 5월 야외 나들이, 경북 의령 남상헌 고문님 회사 방문

2022.05.21 남상헌 고문님께 감사패 전달, 신입회원 이광희님 환영회

2022.06.13 월례모임(서봉산 산행 취소, 모아정 식당, 흙과 나무에서 월례모임)

2022.07.04 서정 7월 월례회의(만석골) 김수민 선생님 댁에서 모임

2022.07.05 서정문학 네이버 밴드 개설, 이곳에 사진 및 공지사항 정리할 것

2022.08.13 서정문학회(공주 정안 계곡월드) 남상헌 고문님 80세 생신 축하

2022.09.19 서정문학회, 문학기행, 만해문학관 방문, 시화전 준비 안건 토의,

2022.10.06 서정문학 번개모임, 향남 행복나루 오리집, 시화전 장소 섭외

2022.11.05 서정가을 문학탐방, 남한산성 1코스 둘레길 · 행궁 · 만해기념관

2022.11.12 서정문학회 가을맞이 시화전

2023.01.09 신년모임(향남 어부) 회칙 점검 및 연간계획 의견 나눔

2023.02.06 서정문학회 모임(향남 어부)/신입회원 임현순님 소개

2023.03.18 서정문학 봄꽃 축제 여행(양산 통도사, 원동 매화마을)/버스관광상품

2023.04.03 문학수업 1차(모아정 식사, 흙과 나무에서 박수빈 교수님 강의, 회원들 시평)

2023.05.08 월례모임(모아정, 흙과 나무)

2023.06.12 서정문학회(모아정, 흙과 나무 카페), 문학수업 2차(박수빈 교수님

2023.07.03 서정문학회 월례모임(비안코 카페, 오병이어), 문집 준비, 안성 조병화 문학관 방문 계획

2023.08.14 서정문학회 8월 모임(장수남원추어탕, 흙과 나무)

2023.09.09 문학기행, 안성 조병화 문학관 · 칠현산방 방문

2023.10.17 서정문학회 월례모임(향남 행복나루) 시화 완성은 10월 말까지

2023.11.04 시화전(보통리 투썸플레이스 주차장 주변) 시간; 오전 11시 오픈~오후4시, 시화 전체 갯수 50~60점

2023.12.06 서정문학회 송년회, 신입회원 이광희님 환영,

2023.12.04 화성 서정문학회 송년회, 새 임원선출

2024.01.01 제7대 회장 조정신, 총무 김희순

2024.01.08 신년회 정기모임(향남 어부)

2024.02.06 서정문학회 2월 월례회(모아정)

2024.03.04 서정문학회 월례회의(참석인원 5명), 모임요일 변경건 토의

2024.04.13 서정문학회 문학기행 윤동주문학관, 경복궁

2024.05.16 서정문학회 모임(보통리작은도서관)

2024.06.13 서정문학회 월례회의, 회원 충원 노력

2024.06.15 서정모임 긴급번개, 10시~11시 상록요양병원 봉사활동

2024.07.04 월례모임(보통리 작은도서관), 작품 합평회, 포스타입 소
　　　　　 개와 사용법 안내.

2024.08.13 서정문학회 월례회의(참능이집), 문집 발간, 회원님 등단
　　　　　 에 대한 의견교류

2024.09.09 서정문학회 월례회의, 조정신 회장님 근무하는 서신 작
　　　　　 은도서관 방문, 시화전 준비사항 체크

2024.10.09 서정문학회 진천 포석 조명희 문학관 탐방

2024.11.09 서정문학회 늦은 가을 시화전(보통리 호수가)

2024.12.02 화성 서정문학 송년 모임(어부), 등단한 회원 축하(김인
　　　　　 자 · 임현순 · 이광희)

2025.01.07 서정문학회 신년회(향남 어부), 결산보고, 연간계획수립

2025.02.03 정관개정(향남 어부) 및 연간계획 수정 안내

2025.03.22 박두진문학관 탐방 및 조경선 시인과의 만남(안성 칠현
　　　　　 산방)

2025.04.18 서정문학회 월례회의(홍기옥님 댁), 일본여행 준비

2025.05.20 2박3일 일본 후쿠오카 여행. 서정문학회 월례회의

2025.06.11 서정월례회(향남 어부) -일본 후쿠오카 여행지에서 느꼈
　　　　　 던 소감 발표, 문집용 작품 준비

2025.07.07 서정문학 월례회의(세자로 참능이버섯집) 문집출판 준비

2025.08.11 서정문학 월례회의(애월생선당 및 카페) 문집용 글 올리기

2025.09.08 서정문학 월례회의(보통리 작은도서관) -제9집『푸른안
　　　　　 부』출판기념 및 시화전 준비

화성 서정문학 제9집
푸른 안부
ⓒ 조정신 외

화성 서정문학회
발행일_ 2025년 10월 25일(통권9호)

펴낸곳_ 파란하늘
사무실_ 서울시 서초구 법원로3길 19, 2층 w109호
        (서초동, 양지원빌딩)
전　화_ 02-595-4621, 010-6722-4621
팩　스_ 0504-227-4621
이메일_ flyhun9@naver.com
홈페이지_ www.dohun.kr

ISBN_ 979-11-94737-40-7 03810
정　가_ 14,000원